메리골드
마음 식물원

MARIGOLD
MIND BOTANICAL GARDEN

메리골드
마음 식물원

윤정은 장편소설

북로망스

마음의 얼룩을 마법처럼 꽃피워 드립니다.
당신의 마음이 피어나는 곳.
마음 식물원으로 오세요.

걱정 말아요, 행복해질 거예요.
믿어요, 우리는 당신의 행복이 꽃피우리라는 것을.

마음을 보고 싶은 이에게
마음을 꽃피워 드립니다.

행복하고 싶지만
행복이 무엇인지 모르겠고
나를 위로하고 싶지만
슬픔을 안아주는 법을 잊었고
내 것임에도 도통 내 마음을 모를 때
마음 식물원으로 오세요.

우리 마음에 온기를 나누는 그 순간
다정한 싱그러움이 당신에게 피어납니다.

어서 오세요.
당신이라는 꽃 한 송이를 기다리는
있는 그대로의 당신이 환대받는
여기는 메리골드 마음 식물원입니다.

― 주인 백

차례

프롤로그
011

메리골드 마음 식물원
017

에필로그
261

프롤로그

"세상에서 가장 아름다운 비밀을 알려줄까?"

정원에서 꽃에 물을 주는 엄마는 나비를 따라 뛰어 노는 아이에게 콧잔등을 찡긋하고 웃음을 지으며 말했다. 볼이 빨갛고 통통한 여자아이는 쿠키 부스러기를 입가에 묻힌 채 고개를 끄덕인다.

"뭔데? 신난다. 우리만의 비밀이야?"

"응, 우리끼리만 아는 거야. 약속."

"응, 약속!"

엄마는 흙이 묻은 손을 빨간 꽃이 수놓인 검은색 앞치마에 닦으며 아이의 사랑스러운 눈을 바라본다.

"있잖아, 너에게는 마음을 꽃으로 피워내는 능력이 있단다."

"정말? 나한테도 다른 친구들처럼 신기한 능력이 있다고?"

"그럼. 방법은 네가 스무 살이 되면 천천히 알게 될 거야. 마음의 정원을 아름답게 가꾸다 보면 말이지."

"좋아! 그런데 엄마, 마음의 정원이 뭐야?"

아이와 엄마는 정원 한가운데 풀썩 주저앉아 서로를 바라본다.

"우리 안에 피어나는 여러 마음들을 가꾸는 곳이야. 때로는 어둡고 컴컴한 마음도 있고, 밝고 환하게 빛나는 마음도 있지. 인생에서 모두 겪어 나가야 하는 거란다. 그러니 모두 잘 보살펴 주어야 해."

"응. 검은 마음도 하얀 마음도 잘 보살펴 줄게."

"그렇지. 저기 하늘 좀 봐. 한낮인데 달이 떠 있는 게 보이니?"

"응! 어떻게 낮에 달이 떠 있지? 엄마가 마법을 부린 거야?"

"마법이 아니야. 낮에도 달이 떠 있는데, 해가 너무 밝아서 달이 보이지 않을 뿐이야. 검은 마음도 하얀 마음도 해와 달처럼 마음의 정원에 함께 살고 있는 것처럼. 엄마가 비밀 하나 더 알려줄까?"

"와! 오늘 비밀 많다. 좋아 엄마!"

아이는 작은 두 손으로 입을 가리며 놀라는 시늉을 한다. 엄마는 부드럽게 웃으며 아이의 머리카락을 귀 뒤로 넘겨준다.

"세상은 말이야, 내가 보고 싶은 대로 보인단다. 아름다운 세상을 보고 싶으면 아름다운 마음을 가지려고 노력해야 해. 춥고 외로운 이에게 따뜻한 차 한잔을 건넬 수 있는 사람이 되면 세상은 아름다워 보일 거야."

"엄마가 동네 사람들한테 차를 대접하는 것처럼?"

"맞아. 우리가 가꾸는 꽃과 나무가 사실은 우리를 보살피는 것처럼 말이야. 언젠가 이해하게 되는 날이 올 거야."

"응, 엄마. 그런데 이거 아빠한테도 말해도 돼?"

"그럼, 물론이지. 대신 우리 가족의 비밀로 하자. 이건 엄마와의 약속이야. 알았지?"

"응, 약속!"

아이와 엄마는 진지하게 새끼손가락을 걸고 고개를 끄덕인다. 두 사람의 웃음소리에 빨간 꽃잎 바람이 진한 꽃향기를 풍기며 동그랗게 두 사람의 주변을 감싼다. 엄마와 아이는 익숙한 듯 꽃바람의 품에 안겨 웃는다. 아이가 엄마 품에 안겨 뒹굴다 냄새를 킁킁 맡는다.

"엄마 냄새 좋아. 나중에 이 앞치마 나 주면 안 돼?"

눈동자를 반짝이며 묻는 아이를 바라보며 엄마가 햇살처럼 웃는다.

"음식 냄새 배었을 텐데… 그래도 갖고 싶어?"

"응! 난 엄마 냄새가 세상에서 제일 좋아. 엄마 냄새 맡으면 편안해."

"알았어. 엄마는 우리 아기 냄새가 제일 좋은데 통했네. 지금 해볼까?"

"응!"

엄마는 앞치마를 풀어 아이에게 둘러준다. 아이는 담요처럼 널찍한 앞치마를 두르고 폭신한 잔디밭을 구른다. 붉은 동백꽃 무늬의 앞치마를 몸에 두르고 뛰어다니는 아이는 마치 춤추는 한 송이의 꽃 같다.

"엄마! 나 슈퍼 히어로 같지? 커서 이 앞치마 입고 사람들 구하는 멋진 어른이 될 거야! 야호!"

엄마는 그 순간 날개라도 되는 양 앞치마를 펄럭이며 뛰어가는 아이를 보며 가슴이 철렁한다. 불안한 마음을 지우려 고개를 젓다가, 이내 뛰어다니는 아이에게 양팔을 흔든다.

"이제 그만하고 들어가서 밥 먹을까? 엄마가 김밥 싸줄게."

"좋아! 난 엄마 김밥이 세상에서 제일 맛있어! 두 줄 먹을래! 엄마 요리사 최고!"

아이의 해맑은 웃음에 엄마는 가슴이 미어진다. 오지 않기를 바라던 날이 가까워 오고 있다. 아이는 아직 자신의 능력을 모르지만, 아이에게서 사람들의 마음을 위로하고 치유하는 소명을 발견한 후로 나날이 마법의 징후들이 나타나고 있다.

마법의 능력이 없는 엄마는 수없이 책을 펼쳐 아이의 미래에 대비하려 했다. 하지만 책을 찾아볼수록 선명해지는 것은 단 하나였다. 아이가 앞으로 슬픔과 고독의 길고 어두운 터널을 지나와야만 능력을 완성시키고 세상을 이롭게 할 수 있다는 것…. 이걸 축복이라고 할 수 있을까? 다른 선택을 받았다면 좋았을 텐데….

생각이 밀려올 때마다 엄마는 아이를 위해 나직이 기도를 읊조린다. 사랑스러운 이 아이가 앞으로 상처 입은 사람들의 마음을 꽃피워 줄 수 있기를… 막다른 골목 앞에 서더라도 길을 열어줄 비밀의 문이 바로 '사랑'임을… 함께한 이 시간 속에서 잊지 않기를….

"기억하렴, 자신을 진심으로 사랑하며 하얀 마음과 검은 마음을 동시에 끌어안는 순간 세상에서 가장 아름다운 꽃이 피기 시작한단다."

"예쁜 꽃들이 여기 있네."

한낮의 해변에 홀로 서 있던 여자가 무릎을 양팔로 감싸고 앉아 고운 모래를 가냘픈 손가락으로 쓸어 담는다. 손가락에서 빠져나온 모래들은 여자의 온기가 닿는 순간 하얀 안개꽃이 되어 바다에 흩날린다. 하얀 꽃잎들은 바람결을 타고 하늘로 올라가 겨울눈처럼 고요히 해변에 소복소복 쌓인다. 꽃바다를 바라보는 여자의 눈빛은 천진한 호기심으로 반짝인다. 보기 좋게 검게 그을린 피부에 콧잔등으로 주근깨가 가득하다.

"한여름의 크리스마스네. 눈이 오는 것 같아."

헐렁한 블랙 미니 드레스를 입은 여자는 목에 걸려 있던 와인색 스카프를 풀어 검고 긴 머리를 대충 묶고 바다로 걸어간다. 여자의 눈동자에는 밤의 달과 낮의 해가, 즐거운 농담과 깊은 슬픔이 동시에 담겨 있다. 나비처럼 가볍게 해변을 거닐다 햇빛에 정면으로 누워 망중한을 즐기던 여자의 팔에 유리병이 닿는다. 매끄럽고 단단한 유리의 질감에 놀란 여자가 병을 집어 들었다.

"유리병 속에 편지가 있네?"

발신인이 적혀 있지 않지만 익숙한 필체의 편지다.

"달콤한 낮잠 같던 생이… 생각보다 길었나 보네."

편지를 다시 읽으려고 보니 꽤나 오래전에 쓴 듯 종이는 낡고 물기에 번진 자국이 있다. 유리병을 막고 있던 코르크 마개의 장식이 마모된 것을 보니 여러 바다를 건너온 듯도 하다.

사랑하는 당신, 안녕하신가요?

당신에게 전하지 못한 말이 있는데, 주소를 알지 못해 바다에 편지를 부칩니다.

당신이 떠나기 전날 밤, 꿈결에 속삭이던 당신의 이야기를 듣고 저에게 희망이 생겼습니다. 다 못 이룬 소명을 위해 돌아올 것임을 알기에, 그런 당신을 기다리겠다는 욕심이기도 합니다. 기다리는 일은 사랑하는 일이니까요.

아름다운 시를 전하며 이만 편지를 줄입니다.
만나는 그날까지 부디 건강하세요.

내 그대를 생각함은 항상 그대가 앉아 있는 배경에서 해가 지고 바람이 부는 일처럼 사소한 일일 것이나 언젠가 그대가 한없이 괴로움 속을 헤매일 때에 오랫동안 전해 오던 그 사소함으로 그대를 불러보리라.
― 황동규, 「즐거운 편지」

"당신은 이미 알고 있었군요…."
능력은 스스로 깨닫고 완성해야 하기에 그는 기다림을 선택했다. 편지를 반복해 읽으며 과거를 회상한다. 자신에게 마법 능력이 있다는 걸 알게 된 날, 조절 능력이 부족해 엄마와 아빠를 사라지게 만들어 버린 뒤 스스로에게 형벌을 주듯 백만 번을 다시 반복해 태어나며 부모를 찾아다닌 지난날이었다. 사람들에게 위로차를 건네며 "지나간 일은 지나간 일일 뿐이에요. 현재를 살아요"라고 말하면서도 정작 자신은 깊은 죄책감을 버리지 못했다.
"생을 끝내고 싶은 게 아니라… 후회와 슬픔에 잠겨 사는 생을 끝내고 행복하게 살고 싶은 거였어."
어쩌면 생을 마치고 싶었던 마음은 생을 놓치고 싶지 않은 간절한 마음이 아니었을까.

'희망'이나 '사랑' 같은 달콤한 감정이 부풀어 오를 때면 애써 외면했다. 흰머리가 생기면 반복해 다시 태어나는 삶도 멈추지 않을까 싶어, 그날만을 간절히 기다렸다.

그러다 사랑하는 사람을 만나고, 메리골드 사람들과 어우러져 살고 싶어졌고, 당혹스러웠다. 그저 능력을 완성하기 위해 마음 세탁소를 열었던 것인데, 사람들의 마음에 얼룩 같은 고통을 지우고 다려주면서 내 마음의 고통도 옅어진 걸까.

"어쩌면 고통까지 끌어안을 수 있을 때 소명을 다할 능력이 완성되는 것일지도 몰라."

생각에 깊이 잠긴 여자의 어깨를 토닥이듯 하얀 데이지 꽃잎들이 몰려와 빙글빙글 회전한다. 꽃잎의 포옹을 받으며 고개를 숙이자, 작은 물웅덩이에 비친 얼굴에 그간 보지 못했던 새로운 감정이 거울처럼 투명하게 비친다.

"지금 비치는 감정은 나에 대한 사랑이자 희망이구나."

여자가 스스로 감정을 읽어내자 물웅덩이는 순간 거울처럼 투명해진다. 여자는 속 깊은 마음까지 비칠 듯 맑은 수면을 보며 말한다.

"내가 정말 원했던 것은… 고통을 끌어안되 슬픔이 흘러가도록 길을 열어 주고 오늘을 사는 것이었어. 사실은… 나… 살고 싶어."

여자의 눈물이 수면에 닿자 삽시간에 웅덩이 주변으로

하얀 꽃들이 피어나 데이지 꽃밭으로 변한다.

"나한테… 꽃을 피울 수 있는 능력이 있었던가? 그런데 왜 이제야…."

다시 거울을 바라보자 여자가 잊고 지냈던 기억들이 빠르게 흘러간다. 억겁의 생을 지나면서도 떠올리지 못했던, 떠올리면 살고 싶어질까 가장 깊은 곳에 감추어 두었던 향기로운 기억의 조각들이 퍼즐처럼 맞추어졌다.

"엄마가 어린 시절 해준 이야기들이 사실이었어. 나를 진정으로 사랑하며 생의 모든 감정을 끌어안는 순간, 마음을 꽃으로 피우는 능력이 완성되는 거야…!"

딸의 능력을 눈치 챈 엄마와 그때 나눈 이야기들이 공처럼 굴러 눈동자를 닮은 투명한 구슬이 된다. 여자는 자신이 이토록 오래도록 생을 반복해 살아낸 이유를 깨달았다. 삶에 주어진 소명이 있기에, 스스로 알을 깨고 나와 꽃을 피우기까지 그토록 오랜 인고의 시간이 필요했던 것이다.

"씨앗은 싹을 틔워 꽃을 피우고, 꽃이 지면 열매가 자라 그 열매가 다시 씨앗이 되어 땅으로 돌아가듯, 시련과 고통을 극복하며 피어나는 단단함이 있어야 했던 거야."

말을 마친 여자는 꽃을 한 송이 꺾는다. 지난 생에서 사람들의 마음을 위로하고 치유해 주었던 여자는 앞으로 사람들이 스스로 마음을 양육하고 꽃피울 수 있도록 돕는 것이 자신의 소명임을 다시 한번 되새긴다.

"데이지의 꽃말은 희망이지. 그렇다면 내가 가진 능력은 희망을 꽃 피우는 것인지도 몰라. 고통도 슬픔도 얼룩도 우리 생의 꽃으로 피어난다는 사실을 알게 해주는 거야."

결심한 여자의 눈빛이 윤슬처럼 빛난다. 여자의 걸음을 꽃잎들이 나비처럼 사뿐사뿐 따라 걷는다. 왜 태어났고, 어디로 가며, 무엇을 해야 하는지 이제 알게 되었다. 마침내.

"돌아가자. 해야 할 일을 알았어."

❀

"슬픔이여 안녕. 슬픔이여 안녕! 마침표야 느낌표야?"

검고 긴 머리카락이 탐스러운 여자가 달콤 헤어 문을 열고 들어와 테이블에 놓인 책의 제목을 읽는다. 여러 번 읽었는지 오래된 책장마다 손때가 묻고 표지는 조금 찢겨 있다. 의자에 앉아 졸던 원장이 여자를 발견하고 깜짝 놀라 호들갑스럽게 다가온다.

"어머 손님, 기척도 없이 언제 들어오셨어요? 맞다, 종종 동네 고양이가 낮잠 자러 드나들어서 문을 살짝 열어뒀지. 손님도 그 고양이만큼 발걸음이 가벼우시네요,

호호."

달콤 헤어 원장은 손님 하나 없는 한낮에 찾아온 이가 반가워 얼른 가운을 둘러준다.

"그 책이 거기 있었네. 아까 마음 사진관 사장님이 오셔서 찾으셨는데! 그나저나 손님, 머리는 어떻게 해드릴까요?"

"잘라주세요. 최대한 짧게."

"예? 이렇게 탐스럽고 긴 머리를 짧게 잘라달라고요? 아깝지 않으세요?"

"머리 감기 귀찮아서요."

"그렇긴 하죠. 그럼 금방 잘라드릴게요. 그나저나 6월이 되니 벌써 이렇게 덥네요. 올여름은 비도 많이 온다는데, 덥고 습할 땐 짧은 게 최고죠!"

눈치 빠르고 손도 빠른 원장은 분무기를 들어 머리카락에 뿌린다. 여자들이 탐스러운 머리카락을 짧게 자를 땐 보통 마음이 복잡하거나 변화를 원할 때니까. 원장은 금세 쇼트커트로 자른다.

"다 됐습니다. 손님은 긴 머리도 짧은 머리도 다 잘 어울리시네요. 둘 다 어울리기 쉽지 않은데. 호호호."

달콤 헤어 사장의 웃음에 여자도 가볍게 눈인사를 건넨다.

"고맙습니다. 그런데… 메리골드에 우리 분식 아직 있

나요?"

"그럼요, 우리 마을에서 가장 오래된 엄마 집밥 같은 식당이잖아요. 그런데 요즘에는 사장님 대신 연자 씨라고, 동네분이 하세요. 사장님 걱정돼서 내일 올라가 보려고 하는데. 주책이야, 제가 말이 너무 길었죠?"

"괜찮아요."

여자가 헤어 가운을 벗고 거울을 보며 미소를 짓는다. 원장은 여자를 거울로 훔쳐본다. 블랙 미니 드레스에 오버핏 블랙 재킷을 걸친 여자는 머리가 마음에 드는지 흡족한 표정으로 거울을 보더니 카운터에 현금을 놓아두고 나간다.

원장은 문을 나서는 여자의 뒷모습을 보며 고개를 갸웃거린다.

"동네에서는 처음 보는 분인데…. 그나저나 이 시간 되면 늘 낮잠 자러 오더니… 레이지는 어디 간 거야?"

밖으로 나온 여자는 웃으며 습관적으로 머리를 쓸어 올리다 멈춰 섰다. 운동화 끈이 어느새 풀려 있다.

"운동화 끈이 풀리면 누가 나를 그리워하는 거라던데… 미용실 이름만큼 달콤한 순간이네."

운동화 끈을 고쳐 맨 여자가 주변을 둘러보며 중얼거린다. 시원해진 목덜미가 어색해 챙겨 온 와인색 모자를 눌러 쓴다. 여자의 장난기 가득한 눈빛이 반짝인다. 두 손을 망원경처럼 동그랗게 만들어 주변을 살펴보더니 아랫입술을 깨문다.

"바로 저기야."

여자가 바라본 곳은 바로 바닷가 앞에 방치된 오래된 폐공장이다. 슬픔이 안녕, 하고 사라질 듯 공장을 향해 씩씩하게 걷는 여자의 뒷모습을 따라 길가의 해바라기 꽃들도 고개를 흔들며 인사를 건넨다. 어쩐지 좋은 일이 생길 것만 같은 오후의 풍경에 누군가가 환히 웃으며 소리 나지 않는 손뼉을 친다.

"그라체, 마침내 오고야 말 행복이 있는 도시가 여기 메리골드제. 행복을 찾은 이가 마음을 꽃피우러 마침내 돌아왔구만. 어서 와, 수고했어."

※

바닷가 끝 인적이 없는 폐공장 앞에서 여자가 열쇠를 꺼내 문을 열고 들어간다.

"아우 먼지야. 사놓고 너무 오래 놔뒀네…"

매캐한 냄새에 코를 막고 얼른 창문을 연다. 벽에 걸린 먼지 가득한 액자를 오른쪽으로 밀자 숨어 있던 금고가 드러난다. 여자가 한번 손짓하자 빨간 꽃잎들이 날아와 금고를 연다. 그 안에는 여자가 아끼는 찻잔과 주전자, 사진첩 그리고 몇 가지 물품들이 있다.

여자는 정사각형의 두터운 진갈색 가죽 상자의 뚜껑을 연다. 상자가 열리자 천장까지 무지갯빛 오로라가 번진다. 눈이 부셔 한쪽 눈을 감고 조심스레 물건을 들어 올린다. 투명한 유리구슬이다.

"늘 이 구슬이 함께였어. 엄마, 아빠의 유품이라 생각해 간직해 왔는데. 나를 위한 구슬이었구나."

손에 오목하게 들어오는 유리구슬을 코앞까지 들어 올려 유심히 살핀다. 모래사장에서 만난 물웅덩이 거울의 투명함과도 닮았다. 이 유리구슬이라면 마음의 심연까지 비출 것만 같다.

"내게 마음꽃을 피우는 능력이 있다니 정말 놀라워. 매번 물웅덩이에 갈 수 없으니 투명한 것들로 연습해 봐야겠다."

유리구슬을 내려두고 백팩에서 텀블러를 꺼내 뚜껑에 차를 따른다. 투명한 물성이 있어야 한다면, 이 차도 가능하지 않을까.

"꽃잎아, 잘 부탁해."

여자는 마음을 다해 차를 바라보며 오른손으로 꽃잎 하나를 들고 가볍게 후, 분다. 순식간에 라넌큘러스가 텀블러 뚜껑에서 피어오른다. 이번엔 유리구슬을 들고 사랑하는 이들을 떠올리며 눈을 감았다 뜬다. 빨간 꽃바람이 동그렇게 지나간 자리에 초록잎 바람이 회오리치고, 소용돌이가 멈추자 작은 화분에 사랑나무가 피어났다.

"놀라워…. 사랑나무의 꽃말은 '사랑은 죽음보다 강하다'인데. 나… 정말 당신들과 함께 살고 싶었나 봐."

듣고 싶은 마음의 말이 나무로 피어났다. 순간 정원을 가꾸던 아빠와의 대화가 떠올랐다.

"아빠, 정원을 왜 이렇게 열심히 가꿔?"

"정원을 가꾸는 일은 마음을 가꾸는 일과 같거든."

"그럼 꽃과 나무만 있으면 행복한 거야?"

"꽃과 나무를 돌보고 피워내는 마음의 여백이 있다면 행복할 거야."

"아빠, 아빠는 우리 마을의 지킴이잖아, 그럼 나도 마을 지킴이가 되는 거야?"

"아빠처럼 마을 지킴이가 되고 싶어?"

"응, 소중한 사람들을 지켜주는 일이잖아. 정말 대단해!"

"물론이지. 그리고 너는 아빠보다 더 소중한 것을 지키는 사람이 될 거야."

봉인이 해제된 아름다운 기억들이 꽃처럼 피어난다.

"마지막 생을 끝내지 못한 결정적 이유가 있었어. 이제 후회를 끝마치고 엄마와 아빠의 몫까지 열심히 살아낼 거야."

조용한 바닷가 앞이 공사로 분주하다. 오래전에는 정미소였고 그 후로 오래 비어 있던 단층 공장에 활기가 돈다. 방치되다시피 버려져 있던 직사각형의 긴 건물은 오랜만에 북적거린다. 땀을 흘리며 철거 작업을 하는 이들에게 공장 주인이라는 여자가 아이스커피를 건넨다. 안전모를 벗으며 김 씨가 궁금하다는 표정으로 묻는다.

"커피 고마워요. 그런데 사장님은 천장까지 뜯어내고 여기서 무얼 하시려고요?"

"천장 대신 개폐가 쉬운 천막을 칠 거예요."

"사장님, 요즘 공장 터를 카페로 만든다던데, 여기도 그런 겁니까?"

이번에는 커피를 들이켜고 남은 얼음을 씹어 먹던 박 씨가 땀을 닦으며 묻는다.

"카페는 아니에요. 이 자리에 꽃과 나무를 틔울 생각이에요."

"컥… 버려진 거나 다름없는 공장 터에서 꽃과 나무요? 심지어 바닷가 앞에서요? 여기는 인적도 드물어 뭘 팔아도 안 될 텐데요?"

"무언가를 파는 건 아니에요. 사람이 많이 오지 않아도 괜찮아요."

이해되지 않는 사장의 대답을 듣고 박 씨는 얼음물을 삼키다 사레에 걸려 콜록거린다. 인생 참 어렵게 사네, 쓸데없는 관심 끄고 얼른 오늘 할 일이나 잘 끝내자, 마지막 날이니 삼겹살에 소주나 한잔 해야지. 박 씨는 고개를 절레절레 저으며 몸을 움직인다.

"어이 김 씨, 일 끝나고 삼겹살에 소주 한잔 딱, 어때?"
"좋지! 오늘까지 하면 얼추 끝이니 서두르자고!"

그들의 이야기를 들으며 불판 위에서 노릇노릇 구운 삼겹살 생각에 입맛을 다시던 사장이 혼잣말을 한다.

"이번 생에는 나도 저런 온기를 나누고 싶네…."

여자는 바닥에 널브러진 판넬을 들고 청바지 뒷주머니에서 매직펜을 꺼낸다. 판넬을 바닥에 누이고 스스럼없이 주저앉아 글자를 쓴다. 망설임 없이 써낸 문장을 여자는 만족스러운 듯 바라본다.

마음을 꽃피워 드립니다.
있는 그대로의 당신이 환대받는 곳,
마음 식물원입니다.

"식물원에는 꽃도 있고 식물도 있고 돌도 있고 나비도 있으니까 어떤 마음이든 꽃으로 나무로 피워낼 수 있지. 기쁘고 슬프고 공허하고 불안한, 그리고 알 수 없는 마음

들까지 피워내 보자."

 판넬로 만든 간판을 들어오는 문 옆에 세워둔 여자는 바지 주머니에서 이어폰을 꺼내어 음악을 재생시킨다. 척 맨지오니의 〈Feels So Good〉 전주가 흘러나온다. 트럼펫 연주에 맞추어 온몸으로 천천히 리듬을 타며 여자가 흥얼거린다.

 "참 세상 부러울 게 없는 사람이구만. 보는 내가 다 기분이 좋아. 근데 저리 환하게 웃고 있는데도 슬퍼 보이기도 해. 얼굴에 빛과 어둠이 다 있어."

 음악에 맞추어 팔다리를 움직이는 여자를 보며 김 씨는 따라 웃는다. 이보다 더 좋을 수 없는 도시라지만, 메리골드에서 경험하지 못했던 또 다른 좋은 일이 생길 것만 같다.

 "어이 김 씨, 이리 와봐. 시멘트 틈에 민들레 꽃밭이 있네. 이게 다 네잎클로버야? 희한하네. 언제부터 여기 이렇게 피어 있대?"

 박 씨의 부름에 김 씨도 공장 안쪽 시멘트 틈에 자리 잡은 민들레와 클로버 군락을 본다.

 "파내기 아깝네 그래. 미안하기도 하고."

 "그치? 가만, 여기 어차피 꽃 같은 게 들어온다고 하지 않았어? 아예 여기를 좀 더 파서 흙을 넣고 꽃밭을 넓게 만들어 줄까?"

"좋은 생각이여, 사장님한테 말해 보자고. 아따, 노란색이 곱네."

김 씨와 박 씨가 꽃을 보며 이를 드러내고 웃는다. 웃음은 또 다른 웃음을 불러오고, 고단한 하루도 미소로 저문다. 아무리 힘들어도 하루의 끝이 웃음이라면, 오늘은 웃는 하루다. 김 씨는 남은 일을 처리하기 위해 서둘러 몸을 움직인다. 아직 입꼬리에 웃음기를 남긴 채로.

오늘은 반세기에 한 번 달이 완벽하게 얼굴을 숨기는 칠흑 같은 밤이다. 어둠은 비밀을 숨기기에 참 좋은 가림막이다. 김 씨와 박 씨가 돌아가고 마음 식물원 사장은 공장 안에서 하늘을 바라본다. 어둠에 숨은 달을 찾아 정면으로 눈맞춤을 하자, 시계 초침이 12시 정각에 멈추고 여자를 제외한 사람들의 시간이 멈춘다. 그 순간 여자는 유리구슬을 안고 소망을 빈다.

"지금 이 순간 모든 이들이 마음의 아픔을 털어내고 평화롭길 바라요."

유리구슬에 여자의 진심이 닿는 순간 식물원 안에 달이 뜬다. 은은한 달빛이 비추자 다양한 꽃과 나무가 겨울잠을 자고 일어나 기지개를 펴듯 천천히 피어난다. 새로운 시작을 의미하는 백합, 천진난만하게 노란 프리지아, 희망의 개나리, 감사의 달리아, 즐거움의 노란 백합과 행복의 보랏빛 라넌큘러스까지, 아름다운 꽃말을 가진 꽃들이 공장 안을 한가득 채운다.

꽃들이 피어난 뒤, 여자가 페퍼민트 화분에서 잎을 하나 따서 후, 분다. 백여 평 정도 긴 직사각형의 건물 한쪽에는 꽃밭이 가득하고, 반대편에는 싱그러운 초록이 가득한 나무들이 자라나 이내 나비와 새가 날아다닌다. 여자의 손을 잡듯 꽃잎들도 날아다닌다.

"그토록 그리워하던 마을이 내 안에 있었어. 고마워 꽃잎들아."

이곳에선 기쁨도 슬픔도 꽃이 되고, 나무가 되고, 흙이 되고, 돌도 되고, 흘러가는 바람도 될 것이다. 어떤 마음이든 이 꽃과 나무들이 따스하게 안아줄 것이다. 여자는 오래된 것이 아름답다 생각하며 낡은 공장 외관을 그대로 두기로 한다. 여자는 이제 사랑의 붉은 동백 꽃잎과, 희망의 하얀 데이지 꽃잎, 평화의 초록 페퍼민트 잎으로 마음을 피워내는 능력을 완성시켰다.

"꽃보다 아름다운 이들이 삶에 지쳐 고단할 때, 자신의 마음을 피워 돌보게 하기 위해 너희가 내 곁에 있어야만 했던 거야."

여자의 말에 대답이라도 하듯 파도처럼 꽃잎들이 춤을

춘다. 박수를 치며 꽃잎들과 함께 춤을 추던 여자는 유리구슬을 들어 말한다.

"지금은 여름이지만, 5월의 초록처럼 시작하는 여린 잎들로 이곳을 채워줘. 손님들이 피워낼 꽃과 나무 자리는 남겨주고."

말이 끝나자 유리구슬에서 오로라가 번지듯 형형색색의 빛이 뿜어져 나온다. 작은 반딧불들이 날아다니며 빛을 밝힌 자리에 5월의 초록들이 살며시 피어난다. 기차처럼 기다란 건물에서 입구를 향해 서면 왼편으론 바다와 꽃들이, 오른편으로는 산과 나무가 보였다.

여자가 딱 소리를 내며 손가락을 튕기자, 신호에 맞추어 꽃잎들이 벽으로 모여든다. 꽃잎의 춤이 멈춘 곳에는 마치 바다와 이어지기라도 한 듯한 커다란 통유리창이 나 있다.

"진짜 창이 생겼네. 이건 책에서만 보던 능력인데. 나도 할 수 있어?"

처음 쓰는 능력에 만족하며 산을 맞대고 있는 벽을 향해 다시 손가락을 튕기자 꽃잎들이 또 한번 커다란 창을 낸다. 천장에는 햇빛과 빗물이 자유롭게 들어오도록 수동식 개폐장치를 달았다. 흉물스럽게 방치되어 있던 해안의 낡은 공장이 순식간에 초록빛을 머금은 마음 식물원으로 피어났다.

여자가 빨간 꽃잎 하나를 하늘로 올린다. 두 손을 모아 고개를 숙이며 감사를 표하자 시계는 째깍째깍 움직인다. 12시 1분이다. 여자가 허리에 손을 얹고 만족스럽게 둘러본다. 개운한 기분으로 워커를 벗고 맨발로 흙 위를 거닐다 발끝에 닿은 손가락 두 마디만한 돌 하나를 집어 든다.

"너도 왔니? 돌이 참 예쁘네. 반질반질하고 묵직한 게. 잡고 있으니까 안정감이 들어. 우리 친구할까? 이제부터 내 반려돌 하자."

손에 입김을 불어 따뜻한 온기를 돌에 담는다. 작은 돌 하나를 발견해 소중히 대하면, 이 돌은 그저 돌이 아닌 소중한 나만의 돌이 되겠지. 이번 생에 처음 사귄 친구가 반갑다.

"이름은 방글이 어때! 너랑 있으면 안심되어서 방글방글 웃게 되는 거지. 괜찮지? 내 이름은… 지은이야."

여자는, 아니 지은은 입구 앞으로 뛰어가 스프링클러 버튼을 누른다. 물이 쏴아아, 하고 분사된다.

"앗, 차가워! 비 내리는 것 같잖아! 성능 좋네."

스프링클러를 멈추고 지은은 건물 끝으로 걸어가 책장에 손을 대고 민다. 책장이 스르르 밀려 작은 방이 나온다. 푹신한 침대와 화장대 그리고 싱크대와 냉장고가 있다.

"방도 잘 만들어졌네. 좋아. 그런데 다시 태어날 때마다 외모는 왜 선택이 안 되는 거야. 내가 모르는 능력 업그레이드가 또 있나… 하암. 모르겠다. 어차피 지금 모르는 일은 당장 해결되지도 않는데 잠이나 자자. 고양이로 살면서 종일 자서 그런가, 계속 졸리네… 씻어야 하는데… 하암… 너무 졸려."

반려돌 방글이를 손에 꼭 쥐고 흙 묻은 발만 대충 턴 지은이 침대 위로 풀썩 쓰러진다. 내일의 일은 내일에 맡기고, 미동도 없이 달콤한 잠에 빠져든다.

"엄마 사랑해."

병원 밖을 나온 윤지의 귀로 들어온 오음절이 심장에 박힌다. 다섯 살배기 남자아이가 윤지에게 달려오는 듯하더니, 몇 걸음 뒤에 있던 엄마에게 달려가 안긴다.

'그렇지… 나일 리가 없는데….'

오늘은 열 번째 시험관 시술이 실패한 날이다. 남편은 지금으로 충분하고 아이가 없어도 된다고 했지만 윤지는 아니었다. 얼마나 좋을까 저 여자는… 남들은 아이도 잘 낳는데 나는 뭐가 부족해서 안 되는 걸까. 여러 생각이 윤지를 괴롭혔다. 길거리에서 임산부만 봐도 질투가 나고, 아이와 엄마가 함께 지나가는 모습에는 눈물이 나 고개를 숙이고 다녔다.

"애기 엄마, 어디 아파요? 왜 이러고 앉아 있어, 어지러워요? 이 앞에 병원까지 도와줄까?"

길 한가운데에 쪼그리고 앉아 있는 윤지를 보며 지나가던 할머니가 걱정스러운 눈길로 묻는다. 윤지의 배는 시험관 시술로 인한 과도한 약의 부작용으로 복수가 차 있어 흡사 임신 초기로 보이기도 한다. 윤지가 바람 빠진 풍선처럼 일어나 할머니에게 고개를 숙이며 말한다.

"저 괜찮아요… 고맙습니다…."

인사를 하고 걷다가 쨍한 여름날 오후의 햇살에 윤지가 눈을 감는다. 어디로 가야 할까. 집으로 돌아가고 싶지 않다. 이번이 마지막이라고 남편과 약속했는데. 뭐라 말을 해야 할까. 남편은 거듭된 시험관 시술로 건강이 약해지는 것이 걱정되어 시술을 반대했다. 이 험한 세상에 아이에 대한 책임을 짊어지지 않는 것도, 무한한 희생을 하지 않는 것도 괜찮은 삶이라고 말했다. 진심인지 모르겠지만 이번에도 실패라고 하면 정말 그만하자고 할 것 같다. 윤지는 버스 정류장에서 집으로 가는 버스를 여러 대 보내고 나서 아무 버스에 올라탔다. 어디로 가야 할지 모르니 어디로 가는지 모를 버스에 올라 맨 뒷자리에 가서 눈을 감는다.

"종점이에요, 손님. 운행 종료입니다."

"네…?"

"버스는 30분마다 다시 출발하니 느긋하게 기다려 주세요. 좋은 하루 되세요."

깜빡 잠이 들었던 윤지는 흰머리가 지긋한 버스 기사님의 말을 듣고 시계를 확인하며 천천히 내린다. 정류장에 내리자마자 코끝에 짠내가 감긴다.

"언제 바다까지 왔지?"

꿈결인지 몽롱하다. 버스 노선도를 찾아 정류장을 손가락으로 짚으며 집까지의 거리를 세어보니 열한 번째 정류장이 윤지가 사는 동네이다. 후끈한 여름 날씨에 가만히 서 있어도 땀이 흐른다. 윤지는 땀을 닦으며 집으로 돌아갈 버스를 기다리기 위해 돌아앉았다가 손 글씨로 써 붙인 채용 공고에 시선이 멈추었다.

마음 식물원 마인드 테라피스트 채용

있는 그대로의 당신이 환대받는 곳, 마음 식물원입니다.
꽃과 나무를 돌보며 마음을 돌볼 마인드 테라피스트를 구합니다.
마음의 정원을 함께 가꾸어 갈 분을 기다립니다.

· 급여: 협의 후 결정.
· 자격 요건: 경력, 나이, 성별 무관.

・우대 사항: 식물을 좋아하는 분.

※버스 정류장 너머 마음 식물원에서 상시 면접 진행

"꽃과 나무를 돌보는 일은 내가 하는 일인데."
 대학에서 원예학과를 졸업해 플로리스트로 일하던 윤지는 시험관 시술로 일을 쉬게 되면서 얼마 전부터 지인의 식물 구독 업체에서 아르바이트를 하고 있었다.
 "그런데 마인드 테라피스트라니… 이건 뭐지? 식물을 돌보면서 마음을 돌보는 신개념 테라피인가?"
 마음은커녕 몸도 돌보지 못했던 윤지는 그동안 난자 배양을 위해 호르몬 주사제를 매일 배에 주사했고, 이로 인해 몸의 균형이 깨지면서 수차례 입원도 했다. 윤지는 정류장 앞으로 펼쳐진 한낮의 바닷가를 바라본다. 찬란한 윤슬이 반짝이던 그날처럼 오늘도 눈이 부시다.

"준호 씨!"
"윤지 씨, 무슨 일이야?"
"이거 보여? 내가 이제 헛것이 보이는 건가?"
"잠깐만, 안경 좀 닦고. 보자… 두 줄 맞는데?"
"두 줄이면 임신 맞지?"
 드디어 다섯 번째 시험관 시술에서 두 줄을 봤던 날이

다. 아이는 윤지 안에서 먹고 자고 살아 숨 쉰다. 몸 안에 생명체가 자라는 기분은 생경하고 따뜻했다. 곁에 사랑하는 이가 있어도 공허하고 외로운 기분이 가끔 들었는데 아이와 함께하니 외롭지 않았다.

"내가 이렇게 행복해도 되나…."

벚꽃이 흩날리던 봄날이었고, 졸다 깨니 꽃들이 보인다. 이토록 평화로운 적이 있던가. 행복한데 불안하다. 이유 모를 불안감을 떨치려 고개를 저었다. 그날 밤 갑작스러운 출혈과 통증으로 응급실을 찾은 부부에게 청천벽력같은 의사의 말이 들려왔다.

"산모님. 계류유산입니다. 임신 종결을 진행해야 하니 입원 수속을 밟으시죠."

"…유산이요? 아이 심장 소리도 들었는데 무슨 말씀이세요? 12주나 되었는데요!"

"저희도 너무 안타깝지만 임신을 종결시켜야 하는 상황입니다…."

준호가 윤지의 손을 붙잡고 위로해 주었지만 윤지에게는 아무 말도 들리지 않았다. 그 아이는 어떤 아이였을까. 이름도 지어주지 못한 '그 아이'가 생각나 길을 지나다 어린아이들이 보이면 고개를 숙였다. 잠시 윤지 안에 머물다 간 그 아이를 생각하며 윤지는 걷는다. 걷다 보니 마음 식물원 앞이다.

마음을 꽃피워 드립니다.
있는 그대로의 당신이 환대받는 곳,
마음 식물원입니다.

"채용 공고를 낸 그 식물원이구나. 마음을 꽃피운다니… 지금 나의 검고 깊은 심연도 꽃피울 수 있을까… 이 어두운 마음이 어찌 꽃이 될 수 있을까… 후…."

한숨을 쉬며 식물원을 살펴본다. 왠지 그간 일했던 꽃집이나 식물원과는 다른 느낌이 난다. 능소화 넝쿨이 얽힌 동그란 아치가 입구인 듯하다. 입구로 향하는 길 위로 작은 기찻길 같은 나무 레일이 깔려 있다. 세어 보니 나무 레일 위의 나무판이 일곱 개다.

"일곱 개의 기차 레일을 지나면 외관은 낡았지만 향기가 가득하고 나비가 날아다닐 듯한 저 식물원에서 시간 여행이라도 할 수 있을 것 같아."

입구로 들어가면 새로운 세상이 열릴까. 문 안에서 풍겨 나오는 향기에 윤지는 겁이 덜컥 난다. 초록의 향기에 희망과 기대가 부풀려고 한다. 방금 전만 해도 떠나보낸 아이에 대한 미안함과 죄책감으로 슬펐는데… 갑자기 희망과 기대라니. 지금은 아니다. 다시 아이가 생기면 그때 행복해져야 한다.

"한 번 더 해볼래. 될 때까지 하면 돼. 쓸데없는 생각 말고 집에 가자."

 윤지는 도망치듯 빠른 걸음으로 정류장을 향해 걷는다. 배차 시간표를 살피다 마음 식물원을 다시 한번 바라본다. 꽃과 나무가 가득한 저 안은 괴로움 없이 평화로워 보인다. 저 곳에서 나도 평화로워질 수 있을까. 그럼 아이도 나를 찾아오려나.

"파트타임 직원도 뽑는지 물어나 볼까."

 식물원 방향으로 걸음을 떼었다가 버스 정류장으로 발길을 돌리길 여러 번 한 끝에 비로소 걸음을 멈춘다. 어떤 한 걸음은 온 힘을 다하는 용기가 필요하다.

"어차피 아이가 안 생기면 정식으로 일하려 했으니 물어나 보자. 버스 시간도 많이 남았고, 그냥 잠깐 들르는 거야."

 마침내 용기를 낸 윤지를 식물원에서 바라보던 지은이 안도하며 찻물을 올린다.

"다행이다. 얼른 차 끓여야지. 가벼운 산책처럼 소풍처럼 낮잠 자는 삶도 좋았지만, 여기가 내 자리인 거 같아. 꽃잎들아 이제 시작해 볼까."

 지은은 식물원 한가운데에 선다. 오른손잡이인 지은은 왼편에서 오른쪽을 보면 과거에서 미래로 건너가는 듯했고, 오른쪽에서 왼편을 보면 미래에서 과거로 건너가는 느낌이 들었다. 어느 시절의 지은은 오른편으로만 가고 싶었고, 다른 시절의 지은은 왼편으로 가고 싶어 했다.

"오른쪽이든 왼쪽이든 이제 상관없어. 오늘을 살면 돼. 이제부턴 내게 주어진 능력을 원망하지 말고 받아들이자. 누군가를 살리는 일이니까."

이번 생에서 어우러져 살고 싶어 고심 끝에 써 붙인 채용 공고에 반가운 발걸음이 찾아온다.

"안녕하세요…. 저… 버스 정류장에 적힌 공고문 보고 왔는데요. 여기가 마음 식물원인가요?"

문이 없는 입구에서 허공에 노크하는 시늉을 하며 조심스레 묻는 윤지의 목소리에 지은이 양손을 가지런히 모으고 가볍게 인사를 건넨다.

"네. 어서 오세요, 여기는 마음을 피워드리는 마음 식물원입니다."

"어서 와요, 일단 꽃이랑 나무들 둘러보고 계세요, 저는 차를 준비할게요."

"네, 고맙습니다."

입구와 가까운 곳에 작은 싱크대가 있고, 옆에는 오래된 직사각형 원목 테이블에 찻잔이 놓여 있다. 많은 꽃집과 식물원에서 일해봤지만 이번 공간은 좀 다르다. 외부에서 봤을 때는 가로로 길게 건물이 있고 입구엔 레일이 깔려 있어 기차 같기도 하다. 계단도 문도 담장도 없는 내부에는 여름에 볼 수 없는 꽃이 가득하다. 한 편은 울창한 숲 같기도 하고 한 편은 소담하고 정갈한 정원 같기도 하다. 밖은 뜨거운 한여름인데 안은 적당히 따뜻하고, 기분 좋게 서늘하다.

"여긴 안 덥네. 에어컨을 틀어두셨나…?"

오랜만에 낯선 공간에 왔지만 꽃과 나무가 있어서인지 편안하다. 집과 병원, 아르바이트 말고는 다닐 데가 없는 윤지였다. 숨을 들이마시자 초록의 향이 코끝에서부터 폐부 깊숙한 곳으로 들어온다.

"아, 좋다. 여기서는 식물만 잘 자라는 게 아니라 사람도 잘 자라겠어."

병원을 나설 땐 세상이 끝난 것처럼 절망스러웠는데, 이곳에 들어오니 윤지의 가슴 한구석이 간지럽다.

"꽃과 나무를 보기만 해도 마음이 진정되는 느낌이죠? 마음까지 초록으로 채워지는 기분이랄까. 여기 차 한잔 해요."

"네, 감사합니다."

지은은 머그컵에 담긴 위로차를 윤지에게 건넨다. 새로 시작하는 생의 첫 위로차인데, 늘 해오던 일처럼 익숙함에 기분이 좋아 웃는다. 윤지는 머그잔을 받아 들고 지은을 본다. 7월의 쨍한 태양을 닮은 듯하다. 고개를 드니 식물원 천장에서 쏟아지는 햇살에 눈이 부시다. 지은이 길고 하얀 막대기를 수동으로 돌린다. 하얀 차양막이 반쯤 덮이자 그늘이 생긴다.

"이제 눈부시지 않죠? 얘들도 햇볕에 산책하라고 천장 열어뒀어요."

"식물에겐 햇빛과 바람이 가장 좋죠."

"아시네요! 맞다, 채용 공고 보고 왔다고 했죠?"

"네, 제가 원예학과 졸업하고 플로리스트와 조경 일을 했어요. 지금은 사정상 아르바이트를 하고요. 혹시 여기도 파트타임 근무가 가능한가요?"

"파트타임 근무도 좋죠. 제가 여기 식물원을 열기 전에 인생을 굉장히 타이트하게 살았거든요. 그래서 이번엔 한낮에 서핑도 하고 책도 읽을 거라서, 낮에 서너 시간만 일해주시면 좋겠어요. 어때요?"

"네, 좋아요 사장님."

"합격! 이름이 뭐예요?"

"윤지예요."

"윤지 씨, 반가워요. 오늘은 처음이니 편히 있다 가요. 햇살 쨍한 거 너무 아름답죠? 오후 2시의 햇살은 오후 2시에만 있으니까 우리 지금을 즐기자구요."

"네…."

바다를 바라보는 창문 앞 테이블에 앉아 차를 몇 모금 마시니 윤지의 속이 스르르 풀린다. 식물원 사장이 식물에 물을 주는 광경을 바라보고 있자니 이상하리만치 불편하지가 않다.

그간 임신을 준비해 오면서 사람들을 만나는 일이 늘 불편했던 윤지다. 누군가를 만날 때면 입에 넣는 음식마다 체하기 일쑤였고, 시험관 시술로 예민해졌나 싶어 양해를 구하고 아무것도 먹지 않은 날에도 돌아와서는 헛구역질을 했다.

"딩크로 살아도 좋지, 남편이 행정공무원이니까 노후에 연금도 나올 테고, 여유 있으니 둘이 취미생활 하면서 살면 되지. 왜 힘들게 아이를 가지려고 해? 그러다 너 몸 상해."

"너 마흔 중반이면 적은 나이가 아닌데 자궁이라도 들어내면 어쩌려고 그래? 근종 같은 건 없어? 좀 붓고 살찐 거 같은데 괜찮은 거야?"

"그래도 애는 하나 있어야지. 내 주변엔 나이가 50인데 시험관을 스무 번 넘게 했다나…. 첫째 어렵게 가지고 올해는 글쎄 자연 임신으로 둘째 생겼대!"

윤지의 대답을 듣지도 않고 걱정하는 척하던 이들은 곧 본인들의 하소연을 쏟아낸다.

"애 키우느라 힘들어 죽겠어. 내 인생은 하나도 없고

애만 종종거리며 따라다니잖아. 너는 매인 몸도 아니고 얼마나 자유롭니. 글쎄 며칠 전엔 동네 애 엄마들이 말이야….”

"어쩌니… 힘들겠네.”

"그러니까 지금 얼마나 좋아. 애도 없고. 난 네가 세상에서 제일 부럽다!”

처음엔 위로하는 듯하다 하소연과 푸념으로 끝나는 대화가 불편해 윤지는 아무도 만나지 않기를 선택했다. 활발하고 잘 웃던 윤지는 독한 호르몬제의 부작용으로 몸이 붓고 무기력해졌다. 아이가 생기면 우울한 마음이 한 번에 해소될 것이라 믿으며 버텼지만 야속하게도 아이는 찾아와 주지 않았다.

"에휴, 자꾸 생각나네. 근데 나뭇잎이 바람에 스스스… 흩날리는 소리가 꼭 음악 소리 같네. 사장님은 어디 가셨지?”

지은이 있던 자리엔 조리개만 남아 있다. 윤지는 입고 온 풍덩한 회색 원피스를 두 손으로 쓸어내리며 일어선다. 따뜻한 차를 마셔서 그런지 꽉 막혀 답답했던 마음이 온화해진다. 일어나 가까이의 식물들을 살펴보니 귤나무가 보인다.

"이 계절에 귤나무를 보니 반갑네. 주황색 귤이 얼핏 메리골드 꽃을 닮았어.”

귤을 보니 웃음이 맴돈다. 그러고 보니 참으로 오랜만에 혼자 웃었다. 오래전 그 아이를 떠나보내던 날부터 윤지는 혼자 있을 때면 웃는 법이 없었다. 미안했고, 후회했고, 자책했다. 플로리스트로 잘 하고 있던 일도 더 이상 하고 싶지 않았다. 예쁜 꽃을 보고 기분이 좋아 웃게 될까 두려웠다. 경계심 없이 오랜만에 웃는 자신이 낯설어 윤지는 그만 올라간 입꼬리를 손으로 지그시 내린다.

"이상해, 정말. 오늘은….."

이만 가야겠다고 생각하며 고개를 돌리니 귤나무 사이에 한 사람이 숨어들기 좋을 동그란 자리가 있다. 허리를 굽혀 살펴보려다 그만 다리에 힘이 풀려 털썩 주저앉았다. 고개를 들어 귤나무를 바라보니 울창한 숲 안에 숨어든 듯한 기분이다. 두 그루의 나무가 서로 안아주듯 포개진 모양새다. 순간 머리 위로 굵은 물방울이 떨어진다. 내 눈물인가, 아직 울지 않았는데. 오랫동안 울지도 못했는데.

"갑자기 소나기가 오네요! 잘 됐다! 얘네들 목 축이게 천장 열어둘게요. 윤지 씨는 오른쪽 끝, 민들레 꽃밭으로 가요! 거긴 비가 안 들어와요."

"아… 네…!"

어디선가 나타난 지은이 경중경중 뛰어 비를 맞으며 신나게 목소리를 높인다. 윤지는 지은이 두 팔을 벌려 비를 맞는 모습을 본다. 마치 꽃이나 나무인 것처럼, 비가 오기만을 기다린 사람처럼 세차게 내리는 소나비를 맞는다. 그런 지은을 보며 윤지는 이끌리듯 귤나무 밑에서 일어나 두 팔을 벌리고 함께 비를 맞는다.

비를 맞던 두 사람은 눈이 마주치자 누가 먼저랄 것 없이 웃음이 터졌다. 어린아이들처럼 비를 맞으며 시원하게 웃던 윤지의 웃음이 어느새 어깨를 들썩이는 울음으로 바뀐다. 멈추고 싶어도 멈추지 못하는 울음에 주저앉아 무릎에 얼굴을 묻는다.

"윤지 씨. 나 신경 쓰지 말고 마음껏 울어요. 웃음이든 울음이든. 무엇이든 터뜨리고 나면 괜찮을 거예요. 괜찮지 않더라도 괜찮고요."

지은이 흐느끼는 윤지 옆에 앉아 토닥토닥 등을 쓰다듬는다. 울어야 하는데 울지 못하면 눈물이 몸 안에서 흘러다니다 기필코 터지고야 만다.

이렇게 비가 내려 좋은 건, 비를 핑계로 마음껏 우울할 수 있기 때문이다. 우울한 것도 타인의 눈치를 봐야 하는 세상에 비라도 와야 우울할 자유가 생기는 것만 같다. 빗물을 타고 슬픔은 제 길을 향해 흘러간다. 떠올리면 괴로워 마음 깊은 곳에 숨겨둔 기억까지 빗물에 흘려보내고 싶다. 제발, 제발.

"하아…."

목구멍이 따갑다. 마취가 풀렸는지 몸을 휘감는 통증에 고통스럽다. 간신히 고개를 돌리니 간이의자에 앉아 잠든 남편이 보인다. 시선을 돌리니 병상에 누운 여자들이 보인다.

여기는 산부인과 병동 6인실이다. 윤지를 제외하면 모두 임산부이다. 경부가 짧아 입원한 사람, 임신 중독으로 입원한 사람, 출산을 앞두고 입원한 사람들이 누워 있다.

같은 환자복을 입었지만 같은 처지는 아니다. 저들의 배에는 아이가 있고, 윤지의 배에는 아이가 없다. 몸을 일으키려다 찢어지는 듯한 통증에 포기한다. 하체에 연결된 소변줄로 액체가 흐른다. 가까스로 팔을 들어 아직 볼록한 배를 만진다.

정말 없는 건가. 있어야 하는데. 윤지의 침대 옆에 휴대폰이 있다. 손을 뻗어 전원을 켠다.

― 새아가, 수술 끝났니? 고생했다. 몸조리 잘하렴.

― 윤지야… 괜찮아? 아이는 다시 가지면 돼. 몸부터 챙겨. 힘내.

― 이번엔 순한 약 쓰는 병원으로 바꿔봐. 맘카페에서 봤는데 여기가 잘한대.

쏟아지는 메시지를 몇 개 읽다 덮는다. 모두 틀린 말은 아닌데 아프다. 두드려 맞은 것처럼. 휴대폰을 끈다. 마음도 휴대폰 전원처럼 꺼버릴 수 있다면 얼마나 좋을까.

"윤지 씨 일어났어? 고생했어…."

얼굴빛이 거뭇한 남편이 잠에서 깬 윤지의 손을 맞잡는다. 남편의 손이 차다.

"손이… 차갑네…."

"추워? 진통제 좀 놔달라고 할까?"

"…아니."

"목말라? 물 떠다 줄까?"

"…아니. 커튼 좀 쳐줘…."

"알았어. 잠깐만."

남편은 서둘러 커튼을 치고 링거액이 떨어지는 속도를 살피더니 빈 물통을 든다.

"일어났다고 간호사 선생님께 말하고 화장실 다녀올게. 깼는데 옆에 없으면 놀랄까 봐 한참 참았거든."

부스스한 준호가 물통을 들고 나가자 윤지는 이 방에 있는 여자 중 자신이 가장 불행하게 느껴졌다. 다시 혼자가 된 것 같았다.

"아아아아악…! 선생님…! 애가 나오려나 봐요…!"

진통에 시달리던 산모가 침대를 빼 나가는 소리가 들린다. 저이는 이제 아이를 품에 안는구나. 진통의 괴로움에 울부짖는 소리마저 미칠 듯이 부럽다. 윤지가 신경질적으로 팔목의 링거를 빼버리자 피가 뚝뚝 흘렀다.

"윤지 씨! 무슨 일이야! 잠깐만, 선생님 모셔올게!"

"준호 씨… 나 집에 갈래…. 퇴원 수속 밟아줘…."

"지금 막 깨어났는데 무슨 소리야. 의사 선생님이 절대 안정하라고 하셨어. 내일 집에 가자, 응?"

윤지가 마른 입술을 파르르 떨며 준호의 팔을 잡는다.

"갈래… 제발…."

"알았어…. 대신 조금이라도 몸이 안 좋으면 바로 입원하는 거야. 알았지?"

고개를 끄덕이는 윤지의 팔에서 흐르는 피를 닦아내며 준호도 속으로 울음을 참는다. 윤지는 몸에서 보이지 않는 무언가가 빠져나가는 것을 느낀다. 무엇이든 빠져나가라지. 윤지가 준호의 부축으로 힘겹게 일어났다.

'어서 이 방에서 나가자. 나는 아이 없는 여자다. 나만, 아이 없는 여자다.'

※

병원에서 돌아온 윤지는 암막커튼 안에서만 지냈다. 준호의 낮은 한숨이 늘었음을 느끼지만 아무것도 하고 싶지 않다. 슬픔을 삼키기에도 버겁다.

"가까운 산에 아이를 위해 작은 나무를 심었어. 가끔 가서 물도 주고 돌봐주면 좋을 것 같아서. 같이… 가볼래?"

어느 주말 외출에서 돌아온 준호의 말에도 윤지는 고개만 저었다.

"나무 옆에는… 아니다. 다음에 이야기 할게. 필요한 거 있으면 불러줘."

방문을 닫고 나가는 준호의 얼굴에도 그늘이 진다. 그날 이후 부부는 떠나보낸 아이의 이야기를 입에 담지 않았다. 앙상하게 야윈 윤지는 일주일 뒤 아무 일도 없었다는 듯 일을 시작했고 생활을 이어갔다. 중요한 대화는 메시지로 나누고, 시험관 시술을 위해 병원에 다녀오는 일이 부부가 함께하는 유일한 외출이었다. 고요하고 쓸쓸했다.

'우리가 바라는 건 뭘까.'

가끔 준호는 생명 없는 물체 같은 윤지의 말라버린 표정을 보며 생각에 잠겼지만 입 밖으로 꺼내진 않는다. 윤지가 더 힘들 테니까… 생각하면서. 준호가 방에서 나가면 윤지는 '시험관 임신 성공' 사례를 검색하다가 다시 '아이 없는 부부의 삶'을 검색하면서 읽다 꺼버리기를 반복한다.

다른 사람들이 누리는 인생의 속도를 따라가고 싶다. 그렇게 사는 것이 행복이라 배웠고 믿어왔는데 인생의 오답만 쓰고 있는 것 같아 괴롭다.

　모범생이었던 윤지는 하라는 것만 했고, 금지된 것은 하지 않았다. 학창 시절 선생님처럼 누군가 가야 할 길의 방향을 알려준다면… 얼마나 좋을까…. 간절히 바라면 이루어진다는데.

※

"제가 오늘 왜 이러나 몰라요… 원래 이런 사람이 아닌데 갑자기 펑펑 울어버리고…."
"뭐 어때요, 울고 싶으면 울어요. 여기서 일하면서 앞으로도 울고 싶을 때 귤나무 밑에서 울어요. 울고 나니까 시원하죠?"
"네… 사장님 고맙습니다…."
　윤지는 타인에게 폐를 끼치는 것도 싫어하고, 타인이 자신의 영역에 침범하는 것도 싫어한다. 요즘 같은 세상에 약점을 드러내거나 속마음을 보이면 흠이 되니까.
　그래서 윤지는 결혼하며 안도했다. 어서 아이를 가져 가정 안에서만 살고 싶었다. 뜻대로 되지 않는다는 사실은 너무도 이율배반적이라 생각하며 뜻대로 되는 일도 있음을 증명해 내고 싶었던 걸지도 모른다.
　"그런데 왜 아무것도 안 물으세요? 이름 말고는 아무것도 묻지 않으셨잖아요."

윤지가 마신 위로차는 서서히 마음을 풀어주어 속에 있는 말을 꺼내게 하고, 마음을 들여다 볼 수 있도록 솔직해지게 만든다. 위로차의 효능이 발휘되며 윤지는 슬슬 마음을 꺼낸다.

"뭘 물어요. 말을 마음에 담아 두는 데엔 이유가 있을 테니까요. 그리고 세상의 끝 같은, 이 도시 끝 바닷가에 혼자 오는 사람 중에 이유를 말할 수 있는 사람이 과연 있을까요? 내가 물어보면 좋겠어요?"

"그건 아닌데… 사람들은 늘 묻잖아요. 대답하기 곤란한 것들도 묻고, 대답을 피하면 속을 감춘다 하고, 대답하면 다른 말 하고."

"힘들었겠다."

"네…. 충고하는 사람 의견에 수긍하지 않으면 수긍할 때까지 들어야 하구요. 왜 그럴까요…."

"음… 잘은 모르겠지만 어쩌면 우린 모두 외로워서 그런 거 같아요. 말하고 싶고 들어줄 이가 필요해 타인과 만나는 거죠."

"들어주면 좋은가요?"

의아하다는 듯 윤지가 지은을 바라본다.

"지금 말하는 건 어때요?"

"들어오기 전보다는 조금 편안해진 거 같아요. 울어서

그런 거 같기도 하고…."

"공감해 주고 고개를 끄덕여 준다면 위로받는 기분이 들 거예요. 마음을 알아주는 이가 한 명이라도 있다는 사실에 살아갈 힘도 나고요."

지은의 말에 윤지는 고개를 끄덕인다.

"어쩌면 진심으로 공감되는 대화를 해본 적이 없는 걸지도 몰라요."

"맞아요. 사실 저도 잘 모르겠어요."

"눈을 보고 마음으로 이야기를 듣다 보면 느껴지는 순간이 와요. 살아가는 모든 일이 그렇듯, 연습이 필요해요."

"연습이라… 사실 저는 아이가 없으니 사람들이 편하겠다고 하거나, 부럽다고 하거나, 더 늦기 전에 가지라고 하거나… 하는 말들이 불편했어요. 그래서 대화할 때도 눈을 피하게 됐고요."

"그런 감정들은 불편하죠."

"왜 이렇게 말이 술술 나오죠. 남편한테도 얘기한 적 없는데…. 그래서 아이를 가지려고 시험관을 열 번이나 했는데 오늘도 성공하지 못했어요."

"그랬구나…. 많이 힘들었겠어요. 괜찮아요, 하고 싶은 말 해요. 여기는 마음의 얼룩이나 상처를 피워내는 공간이에요. 일반적인 식물원과 달리 마법이 깃든 공간인데, 저한테 특별한 능력이 있거든요. 앞으로 조금씩 놀라게 될 거예요."

지은이 왼손을 들어 한 바퀴 돌리자 빨간 꽃잎들이 손의 궤적을 따라 동그랗게 휘이 돌아간다. 윤지는 생전 처음 보는 광경에 눈이 휘둥그레진다. 이 사장님 마술을 하시나…?

"저는 사람들의 마음을 어루만지는 일을 해요. 여기 와서 마신 위로차가 마음에 응어리를 풀어주는 데 도움을 주죠. 앞으로 일하면서 손님의 이야기를 들어줄 때도 있을 테니, 연습한다고 생각하고 말해봐요."

지은이 싱긋 웃어 보인다. 윤지의 눈은 호기심으로 반짝이기까지 한다. 윤지는 날아다니는 꽃잎을 보며 침을 꿀꺽 삼키고는 잔에 남은 위로차를 단숨에 들이켠다.

"동화책에서 이런 장면을 읽은 적이 있는데, 정말 눈앞에 마법이 펼쳐지니 신기해요! 저 지금 현실 맞죠?"

"그럼요. 돈 워리!"

"왜 이렇게 속이 간지럽게 말이 쏟아질까요. 저는 결핍 같은 거 몰랐어요. 말 잘 듣는 아이로 자라 대학에 가고, 저 같은 남자를 만나 결혼했어요. 남들처럼 평범한 가정을 꾸리고 싶었어요. 보기에 좋은…."

"윤지 씨, 정말 몰라서 묻는 건데 남들처럼 평범한 건 어떤 건가요? 왜 남들 보기에 좋아야 하죠? 내가 좋아야 하잖아요."

고개를 갸웃거리는 지은의 물음에 윤지가 답하지 못하고 머뭇거린다.

"잘 모르겠어요. 드라마에 나오는 사람들 이야기인 듯도 하고…. 저는 아이만 낳으면 되는데 이 하나가 안 되니 인생에 실패한 기분이 들어요. 제가 잘못된 걸까요?"

"잘못된 게 어디 있어요. 정해진 것도 없고요."

"그런가요…. 사실 아이를 정말 가지고 싶은 건지도 모르겠어요. 너무 어려워요. 제 인생인데 왜 이리 갈팡질팡 흔들릴까요. 근데 사장님은 흔들리지 않는 단단한 사람처럼 느껴져요. 뿌리가 단단히 땅에 박힌 사람처럼… 저는 매일 흔들리는데."

"그럴 리가요. 나도 매일 흔들리는걸요. 흔들리지 않는 존재가 어디 있겠어요. 나무들 좀 봐요. 나무가 땅에 뿌리를 단단히 내리고 있어도 바람에 따라 잎과 가지가 흔들리는 거 보이죠?"

"보여요."

"나무도 매 순간 바람에 흔들리지만 뿌리가 뽑히지는 않아요. 우리의 매일도 그렇지 않을까요?"

"아… 그런가요…?"

"다른 사람들이 하는 어떤 것을 내가 하지 못한다 해서 무조건 실패는 아니라 생각해요. 인생이 값을 매길 수 있는 것도 아니고요. 다만 타인의 판단 기준 말고 내가 원하는 것을 알기 위해 안으로 시선을 돌리면 편안해지지 않을까요."

어쩌면 이 말도 윤지를 향한 것 같지만 지은 자신에게 하는 말일지도 모른다. 지은도 이유를 찾지 못할 때면 행복도 즐거움도 보지 못했다. 능력을 자각한 첫날, 자신의 실수로 부모님을 잃은 뒤 백만 번을 다시 태어나며 부모님을 찾기에만 몰두하느라 오랜 시간 슬프게 보냈다. 그리고 사랑하는 사람 덕분에 마법의 결계를 풀고 드디어 백만 번째 삶을 끝내기로 한 날, 눈을 감으며 든 생각은 지은에게도 의외였다. '다시 태어나면 지나간 과오나 실수에 얽매이지 않고, 이루지 못한 것만 보느라 오늘의 행복을 놓치는 삶을 살지 말아야지.' 사는 일은 누구에게나 이리도 어렵다.

"그러고 보니 우산 없이 비를 흠뻑 맞은 게 처음인 거 같아요. 문득 예기치 못한 비를 만났을 때 지금처럼 비를 즐긴다면 우산에 연연하지 않았을 수도 있겠단 생각이 들어요."

"좋은 생각이에요. 예상치 못한 비가 내리면 말이죠."

"네."

"내 생각엔 비가 올 땐 빗속에서 행복할 줄 알아야 해요. 비를 피하지 못할 땐 신나게 비를 맞아도 즐겁잖아요. 살면서 항상 맑기만 할 수는 없고 사람 마음도 항상 똑같을 수 없잖아요. 이 빗속에서 어떻게 행동할지는 우리가 선택하는 거예요."

"아… 비가 내릴 땐 빗속에서 행복할 방법을 찾기요."

"네, 식물들은 비가 내리지 않으면 자랄 수 없어요. 우리에게 오는 시련이나 마음의 고통 같은 것들은 예상치 못한 비가 아닐까 생각해요."

"저 이제 비 오는 날 우산 안 가지고 다닐까 봐요…."

"농담도 하는 걸 보니까 기분이 나아졌나 봐요? 나무는 떨어진 잎과의 이별에 슬퍼하느라 뿌리 뽑히거나 다른 나뭇잎에 소홀하지 않아요. 지나간 건 지나간 일일 뿐이죠."

"아…."

어려운 문제를 꼭 풀어야 하는 건 아닌데, 때론 풀지 못한 문제도 미궁으로 놔두어도 된다는 걸 왜 몰랐던 걸까. 고개를 끄덕이다 클로버와 민들레 꽃밭에 시선이 간다. 꽃잎이 하나, 둘, 셋, 넷…? 네잎클로버라고?

"사장님, 네잎클로버는 행운의 상징이잖아요. 찾기 힘든 건데 어떻게 이렇게 한 자리에 모여 있죠?"

지은은 네잎클로버 하나를 따서 윤지에게 건넨다. 윤지가 소중하게 받아 올린 행운의 상징이 이곳에 무리 지어 있다. 꿈을 꾸고 있는 걸까. 깨고 싶지 않은 달콤한 꿈이다.

"네잎클로버의 꽃말이 뭔 줄 알아요?"

"행운 아니면 행복 아닐까요?"

"맞아요. 행운. 그럼 세잎클로버의 꽃말은요?"

"글쎄요…?"

"바로 행복이에요."

"아…."

행운이건 행복이건 뭐가 중요한가. 결국 보고 싶은 것을 보고 믿고 싶은 것을 믿고 싶어 풀 하나에도 의미 부여를 한다.

"세 잎도 네 잎도 꽃말의 의미보다 존재 자체에 기쁨이 있지 않을까요. 우연한 행운이나 행복이 오리라 믿으면 진짜 좋은 일이 생길 것 같은 기분이 들잖아요."

지은은 민들레를 한 송이 따서 윤지의 귀에 꽂아준다. 지은의 스스럼없는 행동에 윤지가 웃는다.

"윤지 씨는 플로리스트 일을 했다고 했죠? 그럼 꽃을 좋아하겠네요?"

"네, 보고 있으면 좋아요. 사실 저는 꽃이 지기 위해 핀다고 생각해요. 그래서 꽃이 최대한 천천히 지도록 돌보아 주는 일에 보람을 느껴요."

"아름다운 말이네요. 피어나기 위해 존재하기도 하고, 지기 위해 피어나기도 하고."

"꽃이나 나무를 돌보다 보면 상념이 사라져요. 제가 쓸모 있는 존재가 되는 느낌이 들어요."

윤지의 말에 두 사람 주변에 빨간 꽃잎이 빙그르르 돈다. 지은이 꽃잎에게 동그라미를 만들어 보이자 꽃잎이 이내 마음을 비추는 유리구슬을 앞으로 가져다 놓는다. 꽃바람에 진한 동백 향기와 장미향이 한데 섞여 풍긴다. 지은이 유리구슬을 윤지의 눈앞에 들어 올린다.

"마음 식물원에서는 우연히 발견한 클로버처럼 행운 같은 행복이 피어나요. 이 유리구슬은 마음의 실체를 꽃이나 나무로 피워 보살피고 양육할 수 있게 도와주죠."

"네? 마음의 실체를 볼 수 있다구요…?"

"근사하지요? 우리 모두는 소중한 한 송이 꽃이잖아요. 마음의 상처나 얼룩을 식물 가꾸듯 직접 보살펴 준다고 생각해 봐요. 잎도 닦아주고, 물을 주고, 햇빛을 쐬어주고, 가끔 영양제도 주며 보살펴 준다면 어떨까요?"

"만약 그럴 수 있다면… 마음이… 편안해질 것 같아요. 덜 슬플 것 같고요."

그럴 수 있을까. 그럼 다시 웃을 수 있을까. 막연한 기대가 부풀어 오른다.

"그래서 마음 식물원을 열었어요. 나는 그런 능력을 부여받았거든요. 믿기 어렵겠지만 내게는 사람들의 마음을 치유하고 원하는 것을 현실로 만들어 주는 특별한 능력이 있어요."

"믿어져요. 식물원에 들어왔을 때부터… 아니 사장님을

만난 뒤로 꽉 막힌 마음이 서서히 풀리며 편안해지는 거 같았어요."

"다행이에요. 아마도 윤지 씨를 만나기 위해 채용 공고를 쓰고 싶었나 봐요. 어떤 일인지 직접 경험해 볼래요?"

"제 마음을 유리구슬에 비추어 피워내요?"

"역시 플로리스트 경력직답네요. 마음에 있는 슬픔을 식물로 피우는 거예요. 집으로 가져가 보살펴 주면 슬픔이 서서히 옅어질 거예요. 물론 피운 마음 식물을 잘 돌본다면 말이죠. 만약 원하지 않으면 일만 도와도 좋아요. 선택은 윤지 씨가 해요."

아이를 떠나보낸 미안함으로 행복해지기를 거부하고 지내면서도 웃고 지내던 날들로 돌아가고 싶어질 때면 죄책감이 밀려왔다. 그래도 될까. 흔들리는 윤지의 눈동자를 보며 지은이 말한다.

"때론 원인을 자책으로 돌리는 거 같아요. 나 때문에 힘든 일이 생긴 거 같은. 근데 있잖아요, 진짜 듣고 싶었던 말은… 바꿀 수 없는 지난 후회에서 나와서 오늘을 살아, 네 잘못이 아니야, 이제는 행복해지렴, 너를 위해서…. 이런 말 아닐까요."

흔들리던 윤지의 눈동자는 유리구슬에 고정된다. 손을 뻗으면 닿을 듯 행복과의 거리가 한 걸음이다. 꽃나비가 윤지의 볼을 스친다. 윤지가 지은을 향해 고개를 끄덕이며 천천히 손을 내민다. 과거와 현재가 한 걸음의 차이이고 지나간 슬픔을 어제에게 주고 나올 용기도 한 걸음 차이다.

※

"지우고 싶은 상처나 고통은 떠올리는 것만으로도 괴롭죠. 일부러 생각하려 말고 유리구슬을 봐요. 눈을 감는 게 좋아요. 간절한 소망을 유리구슬이 읽으면 마음 식물이 피어나 있을 겁니다."

"놀라워요…. 그런데 왜 눈을 감아야 하죠…?"

"때론 어둠이 더 선명하고 밝으니까요. 눈을 감는 게 불편하면 눈을 뜨고 보아도 괜찮아요. 눈을 감는 건 일종에 마음을 정리하는 문을 의미해요. 열고, 닫고."

"네에… 제 마음을 들여다 볼… 용기가 나지 않으면 어떻게 하지요? 막상 유리구슬을 손에 드니 겁나요."

"그럴 수 있어요. 윤지 씨 그거 알아요? 용기는 나는 게 아니라 내는 거래요. 식물도 스스로 자라는 아이들이 있고, 물을 주고 보살펴야 자라는 아이들이 있잖아요? 용기도 절로 나기를 기다리면 잘 나지 않더라고요."

말을 마친 지은은 입구를 향해 걷는다. 지은이 시야에서 사라지자 윤지는 유리구슬을 눈앞까지 들어 올리고 눈을 감고 간절히 어제의 슬픔을 딛고 행복해지고 싶다고 소망한다. 눈을 뜨니 유리구슬에 섬광처럼 잊은 듯 살던 장면이 빠르게 스쳐 지나간다. 생살을 베인 듯 아파온다.

"윤지 씨. 우리에게 근사한 선물이네. 고마워!"
"고마워. 근데 나 얼떨떨하고 걱정돼. 아직 식도 안 올렸는데 갑자기 계획에도 없던 아이라니… 잘할 수 있겠지?"
"걱정하지 마. 잘 할 거야. 준비하던 샵 오픈도 미루지 말고. 내가 많이 도울게."
 결혼 전 함께 살던 첫해에 두 사람에게 아이가 생겼다. 그 해에는 윤지가 꽃집을 오픈하고 다음 해 봄에 식을 올리려던 참이었는데, 갑자기 찾아온 아이 소식에 윤지는 당혹스러웠다. 준비되지 않은 상태에서 배가 불러오자 기쁘지만은 않았다.
 그렇게 매일 밤 울음을 삼키던 중, 배 속의 아이가 임신 7개월에 탯줄을 목에 감고 떠났다. 유도분만으로 사산한 아이를 낳은 윤지는 화장터에도 가지 못했다. 준호는 그 때도 묵묵히 혼자 아이를 보내고 왔다. 시간이 아픔을 희석시켜 준다지만 실상은 돌처럼 굳어 있다.
 그날 이후 윤지와 준호는 떠난 아이를 가슴에 묻어야 했다. 그 뒤로 샵을 오픈했고 이듬해에 계획했던 대로 식을 올렸다. 겉으론 아무렇지 않은 척 평화로운 일상을 보내는 듯했지만, 시험관 시술을 놓지 못하고 다시 아이를 가지려 애를 써야 했다. 그것만이 윤지의 죄책감을 덜어줄 것 같았기 때문이다.

유리구슬에서 번져오는 기억은 창문 밖 바다의 넓은 지평선에서 재생된다. 첫 번째 아이를 잃고 침대 위에 웅크리며 소리 죽여 울기만 하던 어린 윤지가 보인다.

"미안해… 아가야… 미안해… 윤지야… 미안해… 준호야… 미안해… 미안해…."

아이를 안듯 유리구슬을 안고 미안하다 울부짖는다. 묻어둔 기억들이 윤지를 휘감는다. 없던 일처럼 묻어두었지만 자책하고 또 자책하던 날들이었다. 어느새 8년의 세월만큼 쌓인 슬픔을 다시 마주하며 윤지는 바닥에 주저앉아 아기처럼 몸을 웅크린다. 내가 안아줄게, 이제는 괜찮아. 이제 보내주자 윤지야… 네 잘못이 아니야. 안아주어야 할 마음을 제때 안아주지 못하면 슬픔은 소멸하지 않고 덩이져 웅크려 있다.

"고마워… 미안해… 사실은… 많이 힘들었어…. 이제는 나도… 웃어도 될까."

눈을 뜨는 순간 유리구슬에서 초록빛이 번진다. 빛이 끝나는 지점에서 페퍼민트 잎들이 회오리치듯 뱅글뱅글 내려와 유리구슬을 감싼다. 반딧불이 날아다니는 듯 빛을 내는 초록잎들의 향연을 넋 놓고 바라보던 윤지의 마음에 반짝 하고 빛이 터지고 초록잎들이 지나간 자리에는 유리구슬 대신 작은 나무 묘목이 들려 있다.

"병꽃나무네… 의미는… 내 마음 속 사랑, 내가 너를 기억해…."

아직 꽃이 피지 않은 이 묘목은 5월에서 6월 사이에 고운 분홍색 꽃이 핀다. 아기가 태어나면 입히려고 사두었던 배냇저고리와 비슷한 색이다. 지난 8년간 꺼내 보지 않았으니 그 옷도 색이 바랬으려나.

윤지는 너무 보고 싶었던 그 아이가 다시 품에 와준 것 같아 왼쪽 팔에 묘목을 안고 아이를 달래듯 안는다. 우리 아기… 사실은 내가 많이 보고 싶었어…. 엄마가 너무 무서웠어…. 내가 가면 네가 떠난 게 사실이 될 거 같아서…. 미안해 아가야…. 마지막 가는 길을 엄마가 함께했어야 하는데….

살면서 크게 힘든 일을 겪어본 적 없던 윤지는 첫 번째 유산과 두 번 째 유산의 충격 모두 감당할 수 없어 외면해 버렸다. 그래야 없던 일이 될 것 같았다. 아무 일 없었던 듯 살면 아무렇지 않을 줄 알았는데 도저히 아무렇지 않지 않았다.

"보고 싶었어…."

눈물은 왜 마르지 않는 걸까. 병꽃나무를 안고 숨죽여

우는 윤지의 어깨에 따스한 손길이 닿는다. 어깨의 들썩임이 잦아들자 지은이 화분 하나를 더 건넨다. 철쭉이 한 송이 피어 있는 작은 화분이다.

"이건 내가 주는 선물이에요."

"저한테요?"

"네, 우리 마음 식물원의 첫 직원에게 주는 선물입니다. 철쭉의 꽃말 알아요?"

"나를… 사랑해요…."

"맞아요. 매일 날씨가 맑을 수 없듯이 우리의 감정도 폭풍처럼 몰아치고, 눈보라치고, 견디기 어려울 만큼 뜨거운 태양이 비추어요. 하지만 흐린 날도 맑은 날도 모두 내 인생이잖아요. 먼저 나를 사랑해 주면, 내게 온 역경과 시련들도 살아낼 수 있을 거예요."

"…끌어안지 않고 아프지 않고 살 순 없나요?"

"해가 뜨고 달이 지는 것처럼 아픔과 기쁨은 자연스러운 감정 같아요. 매일 기쁘기만 하다면 그 감정이 과연 '기쁨'으로 느껴질까요? 이 화분들을 잘 돌보며 힘든 마음과 화해하고 안아주며 오늘을 살아봐요."

"화해하고… 안아주면… 행복해지나요?"

"글쎄요, 행복까지는 모르겠지만 최소한 사는 게 지금보단 편안해지지 않을까요? 일단 오늘밤은 달고 편안한 잠에 들 거예요. 다음 주부터 하루 4시간씩 출근하는 거 어때요?"

"알겠어요, 사장님, 심장에 붙은 돌덩이가 떨어진 것처럼 마음이 가볍네요. 오랜만에 가벼워 어색해요. 감사합니다. 다음 주에 뵐게요."

윤지가 오른손에는 철쭉 화분을, 왼손에는 병꽃나무 화분을 안고 인사를 한다. 슬픔이 꽃이 필 수 있다니. 앞으로 이 식물원을 아주 많이 좋아하게 될 것 같은 기분이 든다.

"고맙습니다 사장님. 정말 고마워요…."

아기를 안듯 화분들을 소중히 품에 안고 뒤돌아 선 윤지를 향해 지은이 세상 무해한 웃음을 지으며 손을 흔든다. 그녀가 웃으면 꽃이 피는 것 같다. 신비하고 이상하고 아름답고 좋은 사람과 함께 일할 날이 기대된다. 영화에서는 시간여행을 하고 돌아오면 그 장소가 사라지던데….

일곱 개의 나무 발판을 천천히 밟고 나온 윤지가 눈을 질끈 감고 뒤를 돈다. 눈을 뜨면 꿈에서 깨버릴까 겁이 난다. 손에 든 화분도 사라지고, 비밀의 정원 같던 마음 식물원도 사라질까 봐 실눈을 살짝 뜬다.

"있어. 꿈이 아니야."

여러 번 눈을 비벼도 마음 식물원이 사라지지 않았음을 확인한 윤지는 터질 듯한 가슴을 진정시키고 사뿐히 걸음을 뗀다.

"매일이 똑같은 날씨가 아니듯 걸음도 같은 걸음이 아

니구나. 오는 걸음과 가는 걸음의 무게가 이리 다를 수 있다니."

바다의 짠내를 맡으며 크게 숨을 들이쉬는데 가방에서 진동이 울린다.

"응, 준호 씨. 여러 번 전화했어? 미안, 전화 온 걸 몰랐네."

"무슨 일 생긴 줄 알고 걱정했어. 괜찮은 거야?"

준호의 걱정에 미안해진다. 배 속의 아이들을 보내고 준호도 많이 힘들었을 텐데 내색하지 않는 마음은 오죽할까.

"괜찮아, 어쩔 수 없지…. 앞으로 어떻게 할지는 같이 고민해 보자. 그나저나 우리 주말에 어디 갈까?"

"좋지. 당신 외출할 수 있겠어?"

"가고 싶은 곳이 있어. 우리 오래전 그 아이 보낸 장소에 가보자. 그때… 도저히 자신이 없어서… 당신 혼자 아이 보내주고 왔잖아. 그런데 나는 아직 제대로 보내주지 못했더라고. 두 번째 아이 보내고 나무 심었다고 했잖아. 거기 맞지?"

"맞아… 그때 윤지 씨 너무 힘들어 보여서 나중에 이야기하려고 했는데. 사실 첫 번째 아이 보내고 와서도 나무를 심었어. 두 번째 아이는 장례식도 치르지 못했으니 나무만 심었고. 알고 있었어?"

놀란 준호의 목소리가 수화기를 타고 들린다.

"알지… 왜 몰라. 준호 씨도 많이 힘들었을 텐데… 내 감정이 너무 힘들어서 옆을 보지 못했어. 보고 싶어 준호 씨. 버스 온다. 금방 갈게."

기다리던 버스가 도착했다. 기다리면 오는 버스처럼 기다리는 것들이 스쳐 지나지 않고 찾아와 준다면 얼마나 좋을까. 일단 집으로 가야지. 집으로.

윤지가 버스를 타는 모습까지 확인한 지은이 가슴을 쓸어내리며 안도의 숨을 쉰다. 첫 손님과의 만남에 지은도 긴장해 이제야 몸에 힘이 풀린다. 찻주전자에 남은 위로 차를 잔에 따르지 않고 벌컥벌컥 마신다.

"배고프네. 고양이로 살 때는 사람들이 알아서 먹을 걸 챙겨줬는데, 사람이 되니 식사를 챙겨야 하는구나. 번거롭지만 나름 괜찮아. 그런데 뭐 먹지?"

기분이 좋아진 지은이 흥얼거리며 싱크대 찬장을 연다.

"좋아, 라면이다!"

지은이 양은 냄비에 물이 끓기도 전에 스프를 뜯어 탈탈 털어 넣는다. 고양이로 살면서 사람들이 먹는 라면 냄새가 어찌나 좋던지. 특히 달콤 헤어 사장이 퇴근 후 가게 문을 닫고 휴대용 버너에 끓여 먹던 라면 냄새가 황홀했다.

"끓는다, 끓어! 자 이제 면을 넣어 볼까, 맛있어져라~ 맛있어져라~!"

라면이 끓어오르고, 냄비 뚜껑을 그릇 삼아 면을 가득 담는다. 빨간 꽃잎들이 후룩룩 후루룩 면발을 빨아들이는 소리에 맞춰 빙글빙글 날아다닌다. 라면 한 그릇에 행복해진 지은을 보며 꽃잎들도 음표를 만들며 날아다닌다. 이윽고 마지막 남은 국물까지 들이켜고 꽃잎을 보며 깔깔 웃는다.

"너희도 즐겁니? 식물원 오픈 첫 날인데 마음꽃이 피어서 정말 다행이야. 직원도 구하고. 모든 일이 다행이야 정말… 하암… 졸려…."

부른 배를 두드리며 반쯤 감긴 눈으로 몇 걸음 걸어가 벽 모서리를 슬쩍 밀자 벽이 빙글 돌아 반쯤 열린다. 수고했어 오늘도, 라고 말하듯 꽃잎들이 지은의 어깨를 토닥인다.

"고마워, 꽃잎들아… 이만 자야겠어…. 친했던 철학자가 고민이 있을 땐 일단 잠을 자래. 어차피 고민해도 당장 해결되지 않으니 일단 자고 내일을 잘 맞이하라는 거지…. 참… 그 사람 맞는 말만 하는 사람이었는데… 하암…."

지은이 침대 위로 털썩 쓰러진다. 나무도 꽃도 나비도 새도 바다도 하늘도 지은을 따라 잠이 든다.

"마음 세탁소에도 올라가 봐야 하는데… 일단 오늘은 너무 졸리네. 꿈에서 먼저 다녀와야겠다… 하암…."

초승달이 식물원을 바라본다. 마치 활짝 웃는 사람의 눈매처럼 입모양처럼 가늘고 긴 반원을 그리며 긴 밤을 지킨다.

"윤지 씨 일어났어? 고등어 구웠어, 밥 먹자."

간밤에 심야 영화를 보고 돌아와 일요일 한낮까지 두 사람은 침대에서 뒹굴었다. 윤지는 노릇하게 구워진 고등어 냄새를 맡으며 기지개를 켠다. 열심히 살아야 하는 시기가 있고 조금 여유롭게 살아야 하는 시기가 있듯, 주말은 성실하게 살아낸 평일의 바쁨을 안아주듯 늘어지게 게으름을 피운다. 아직 마음껏 게을러도 되는 시간이 반나절이 넘게 남았다.

"고마워 준호 씨, 양치만 하고 갈게."

윤지가 칫솔질을 하는데 격양된 준호의 목소리가 들린다.

"자기가 가져온 화분에서 새싹이 돋았어!"

"정말? 그 화분에 새싹이 돋았어?"

칫솔을 문 윤지가 황급히 거실로 나선다. 준호가 들고 있는 철쭉 화분은 신기하게도 일 년 동안 꽃이 피고 지고를 반복했다. 봄에 피는 꽃인 줄 알았는데 여름에 피어난 꽃은 가을에 졌고 겨울에 다시 폈다가 봄에 졌다.

자세히 보니 피어난 꽃 옆에 작은 새싹이 돋았다. 수줍게 고개를 내민 초록잎이 귀엽고 장하다. 저마다 피고 지는 자신의 계절이 다른 걸까.

철쭉 화분 옆에는 잎이 반질거리는 병꽃나무 화분이 있다. 화분들을 바라보며 다정한 두 사람이 화분처럼 서 있다.

"준호 씨, 새싹 너무 귀엽지."

"새로운 잎은 안 나는 줄 알았더니 신기하네. 사랑아, 너도 볼래?"

준호가 강아지 사랑이를 안고 와 화분 가까이에 코를 대어준다. 사랑이는 지난겨울 산책길에서 만난 강아지다. 길에서 발견해 유기견 보호센터에 보냈지만 주인을 찾지 못해 데려온 새로운 가족이었다. 사랑이는 화분을 보며 꼬리를 흔든다. 윤지는 사랑이를 한번 쓰다듬고 화장실로 돌아가 마저 하던 일을 마친다.

"윤지야, 오늘도 좋은 날이네."

거울 속 자신을 향해 웃어 보이다가, 전세 만기가 5개월

뒤라는 사실이 떠올랐다. 집 주인이 전세금을 올리려나, 어쩌면 이사 가야 할 수도 있겠는데.

"걱정을 한다고 걱정이 사라지는 것도 아니고. 아직 오지 않은 일 지레 겁먹지 말자. 오늘은 새싹이 돋은 날이니, 기대하지 않은 좋은 일이 생길거야. 불안할 때면 눈앞에 살아 있는 희망을 보라고 사장님이 말해주셨어."

윤지는 걱정까지 닦아낼 양으로 얼굴을 박박 문지른다. 걱정을 하기엔 아직 일요일이 반이나 남았으니까. 윤지는 화장실에서 나와 밥을 데우고 있는 준호의 뒷모습을 응시한다.

처음 준호와 데이트하던 날, 윤지는 그의 동그란 뒤통수를 보며 자신의 뒤통수를 만져보았다. 아기 때부터 울지 않고 순해서 바닥에 곧잘 뉘여 있었다는 윤지의 뒤통수는 납작했다. 한때는 아기가 태어나면 준호의 뒤통수처럼 동그랗게 만들어 줘야지, 하며 신생아 베개를 손바느질로 만들기도 했다.

윤지는 준호의 등 뒤로 다가가 그를 안고 등에 볼을 비빈다. 좋다, 좋은 일이 생길 것만 같은 그런 기분이다. 마음 화분에 핀 새싹은 희망인 것일까. 사장님이 용기는 나는 게 아니라 내는 거라고 했는데, 그렇다면 희망도 생기는 게 아니라 만드는 걸까.

"준호 씨는 생선을 참 맛있게 잘 굽는다니까! 배고프다.

밥 뜰게."

"윤지 씨, 날씨도 좋은데 우리 밥 먹고 사랑이랑 산책 갈까?"

"나도 그 생각 했는데! 우리 통했네?"

나른한 일요일이다. 이대로 충분히 좋은.

첫 단추를 잘못 끼우면 다시 끼우면 된다지만, 그건 첫 단추를 잘못 끼워본 적 없는 이들의 말이다.

상수는 단정히 다려진 반팔 셔츠를 꺼내 입으며 첫 단추를 잠그지 않고 두 번째 단추부터 잠근다. 새벽 4시, 상수가 집을 나서는 시간은 매일 일정하다. 밖으로 나와 열쇠로 문을 잠근다. 상수가 다니는 회사는 집에서 자전거로 20분이면 도착한다.

"좋은 아침입니다."

"안녕하세요, 신상수 기사님! 오늘도 제일 먼저 출근하셨네요. 어제 저 운행일지 주셨나요?"

"네, 책상 위에 올려두었어요. 이쪽에 있군요. 위에 신문이 놓여 있어 못 보셨나 봐요."

"거기 있었구나. 고마워요. 내일은 이번 주 주유 영수증 주셔야 해요. 오늘도 안전운행 하세요."

"네, 수고해요."

사무실 일을 보는 최 주임이 서류를 정리하는 사이 상수는 출근 카드를 찍는다. 네모난 출근카드에 매일의 출퇴근이 찍히고, 이 기록은 한 달 치 월급이 된다. 메리골드 시내에서 마을 끝 해변까지 노선이 상수의 담당이다.

인사를 마치고 미리 화장실에 들른다. 운행을 시작하면 아무리 급해도 참기 마련이다. 손을 닦고 나와서는 대기실 커피 자판기 앞에서 향만 맡는다. 마시고 싶지만 운행하다 배가 아플까 싶어 마실 수가 없다.

"왜 자판기 앞에서 그러고 있어, 한잔 뽑아줘?"

"아니야, 그냥 봤어. 이따 운행 끝나고 마시려고. 그럼 오늘도 수고합세."

커피 냄새를 맡고 있던 자신을 들킨 것 같은 부끄러움에 황급히 대기실을 빠져 나온다.

"형님도 참. 아직도 신 기사를 몰라? 저이가 언제 일 시작하기 전에 커피 마시는 거 봤어? 사람 참 시계같이 정확해. 틈이 없더라고."

"그런가? 화장실 때문이면 회차 때 후딱 갔다 오면 되는데. 유도리가 없네. 새벽에 이 맛 좋은 거 한잔 안 들고 어찌 일을 한 대."

"그러니 사고 한 번 없이 운행하는 거지. 신 기사는 식사도 매일 같은 식당에서 한다던데?"

"그래? 규칙적인 걸 좋아하나 보네. 하기야 옷도 아주 깔끔하게 다려 입고 다니잖아. 신사 같은 양반이라 이름도 신상수인가, 껄껄."

"하하, 그런 거 같은데? 근데 지금 이거 빗방울 아니야? 흐미, 세차했는데 왜 비가 오고 난리야."

"세차를 했으니까 비가 오지. 자네 세차만 하면 비가 오잖아. 이 정도면 일기예보 미리 보고 세차하는 거 아니야?"

"비를 몰고 다니는 남자지, 껄껄. 아이고 시간 봐라. 그만 농 따먹고 우리도 출발하자고. 보니까 지나가는 비 같은데. 이번 여름엔 소나기가 많이도 온다."

같은 버스 회사에 오래 근무했지만 회식 한 번 참석한 적 없고 사석에서 이야기 나눈 적 없는 상수다. 젊은 날 고향이 싫어 도망치듯 떠난 상수는 도시에서 인테리어 현장의 목수로 일했다. 그러나 그는 끝내 번잡한 도시의 이방인이었다.

화려하지만 어딘지 차가운 도시의 틈에서 상수는 늘 버거웠다. 혼자 나이 50이 되도록 월세를 옮겨 다녀야 하는 것이 현실이었다. 고향에서 도망쳤던 그때와 달라진 것이 있다면, 기력을 잃은 몸뚱어리와 주름진 얼굴뿐이었다.

"상수 씨, 저 연자예요. 언니가 요즘 좀 이상해요. 쉬는 날 와주실 수 있나요?"

불경기로 일거리가 줄어들 즈음 연자에게 전화가 왔다. 고향에 가보니 누나는 알츠하이머 초기였고, 상수는 미련 없이 고향으로 돌아왔다. 어쩌면 돌아갈 핑계로 딱이었는지 모른다. 성공해 돌아가고 싶었지만, 남들이 말하는 성공이란 건 그의 손에만 잡히지 않았으니까.

곧바로 동사무소에서 진행하는 취업 훈련을 받고 버스 회사에 입사했다. 먹고살 수 있을 만큼의 환경에 큰 불만은 없지만 가끔은 현재에 만족하는 자신이 한심하다는 생각도 든다. 어릴 적 살던 곳으로 돌아온 지 몇 년이 지났지만 여전히 재산은 없고 노후 대비도 없다.

"오늘도 잘 부탁한다."

현실과 달리 버스 운전석에 앉으면 온전한 그의 세상이 펼쳐진다. 운전대를 꺾는 대로 도로가 펼쳐지고 그 덕에 승객들은 목적지를 오간다. 해왔던 일 중 가장 보람차다. 버스 기사로 취직한 뒤로는 고향 밖으로 떠난 적이 없는 상수다. 버스 차창으로 마음껏 아름다운 풍경을 볼 수 있으니 여행도 굳이 필요하지 않다. 이리 공짜 여행을 하고 있으니 좋지 아니한가.

"형님, 우리 정년이 언제까지인 줄 알아요? 요즘 청년들이 취업 어렵다고 버스 운전사로도 취직한다고 하더니

만, 이번 주에 진짜로 젊은 기사가 출근했어요. 참… 우리가 언제까지 일할 수 있을지."

"그러게 말이여. 열심히 살았는데 나이는 들고 자식들은 커서 데면데면하고 와이프는 자기 인생 산다고 신났는데, 나는 갈 데도 없고 만날 사람도 없다니까? 동생은 휴일에 뭐 하나?"

"저라고 별 수 있겠어요. 작은 텃밭 하나 있는데 거기서 상추랑 고추 같은 거 키워요. 근데 형님은 주택담보대출 다 갚았어요?"

"갚기는… 한참 남았지. 둘째가 미국으로 대학원 간다고 해서 대출을 더 받았어. 최대한 일할 수 있을 만큼 일해야 하는데… 걱정이긴 하지."

"그래도 형님은 집이라도 있지, 나는 전세여. 몸은 여기저기 고장 나고 사는 일이 걱정이네요. 에휴, 골치 아프다."

기사들이 나누는 잡담에 그들과 자신을 비교해 본다. 아내와 자식을 건사하는 가장의 무거움이 없으니 다행인 건가. 저들의 입은 괴로움을 토하는데 눈에는 생기가 있어 보이는 건 왜일까.

젊은 시절엔 산 날보다 살아갈 날이 많다 느꼈는데, 이제는 살아갈 날이 더 적게 남은 듯하다. 할 수 있는 일은 늙어가는 일밖에 없는 것 같다.

"그래도 먹여 살릴 처자식 없고 혼자 몸이라 얼마나 가벼워."

바라는 건 일상의 반복이다. 같은 시간에 출퇴근을 하고, 집으로 돌아와 식사하고, 빨래하고, 청소하고, 설거지를 마치고, 뉴스를 보며 졸다 잠이 드는 일상의 반복이 상수를 안심시킨다.

"안녕하세요, 좋은 아침입니다."

첫 번째 정류장에서 탑승한 첫 번째 손님을 향해 인사를 건네며 웃는다. 버스 운행을 하지 않았더라면 어찌 이리 많은 사람들을 만나 인사하고 웃을 수 있었겠는가. 그래서 버스 운전이 좋다. 상수가 아끼는 삶은 버스 안에 있다. 직사각형의 네모 안에서 안온하다.

※

우기의 섬마을은 하늘에서도 물이 쏟아지고 땅에서도 물이 넘실댄다. 비가 세차게 내리는데 우산도 쓰지 않고 까만 돌바위를 건너다니며 여섯 살 어린 상수가 목이 터져라 엄마를 부른다.

"엄마! 엄마! 내 목소리 들려? 아직 안 나왔어? 빨리 나와!"

상수가 아무리 불러도 바다는 검은 파도만 토해낼 뿐 대답이 없다.

"바다가 아빠도 삼키고 엄마도 삼킨 거야? 뱉어내! 뱉어내라고!"

선장이었던 아빠와 해녀였던 엄마는 바다에 나갔다가 돌아오지 않았다. 바다는 상수가 태어나기 전 아빠를 먼저 삼켰고, 이번에는 엄마까지 삼켜버렸다. 상수는 바다가 무섭다.

"상수야, 우산도 안 쓰고 여기 있음 어째, 감기 걸려. 집에 가자."

사촌 누나가 상수의 손을 잡는다. 석 달 전 엄마를 잃은 상수는 장례를 치른 후에도 매일 바다에 나와 엄마를 기다린다. 상수가 바닷가에 앉아 기다리면 물질을 끝내고 숨을 헐떡이며 물에서 나오던 엄마였다. 비릿한 짠내를 풍기며 어망을 들고 해변에 올라오면 엄마는 무거운 물옷을 벗어 매면서도 웃어 보였다.

"싫어, 집에 안 가! 여기서 기다리면 엄마가 물속에서 나온단 말이야!"

상수는 누나가 씌워주는 우산을 뿌리치며 크게 운다. 누나 역시 3년 전 바다에서 부모를 잃고 상수의 집에 들어와 사는 신세다.

"누나… 나는 누구랑 살아? 혼자 사는 거야?"

상수의 말에 누나는 양손에 힘을 주어 안으며 말한다.

"왜 혼자 살아, 누나가 있는데. 비 그만 맞고 이제 집에 가자."

상수를 겨우 달래 집으로 온 누나는 곧장 부엌으로 가 흐느끼며 밥을 짓는다. 미역국에 맨밥만 차린 간소한 밥상 앞에 마주 앉아 밥을 먹다가 상수가 먼저 숟가락을 내려놓고 누나 옆에 눕는다.

"누나가 상수 클 때까지 엄마 해줄까?"
"누나는 내 엄마 아니잖아. 우리 엄마는 한 명뿐인걸."
"맞아. 그럼 누나가 상수 누나 해줄까?"
"그건 지금도 하잖아!"

토라졌다가 금방 새근새근 잠이 든 상수의 숨소리를 듣는다. 보드라운 볼을 쓰다듬으며 누나는 마음이 복잡하다. 이제 둘이 어떻게 먹고살아야 하지, 학교는 다니지 못하겠지, 옆집 순이는 육지의 어느 작은 도시에서 방직 공장에 다닌다던데… 어디 공장에라도 취직해 볼까, 생각하다 옷자락을 꼭 붙잡고 잠이 든 상수가 깰까 봐 꼼짝없이 누운 자세 그대로 깜빡 잠이 든다.

"누나, 우리 왜 육지로 가는 거야?"
"응, 육지에 가면 공장에서 일해서 먹고살 수 있대."

"그럼 누나는 학교 안 다녀?"

육지로 가는 배 안에서 단출한 봇짐 두 개를 들고 앉아 상수의 물음에 답을 하던 누나가 멈칫하다가 이내 웃음을 지어 보인다.

"응, 이제 안 다녀."

"좋겠다. 그럼 나도 학교 안 다닐래!"

"상수는 학교 다녀야지. 누나가 열심히 일해서 대학교도 보내줄게."

"공부하기 싫은데… 그리고 섬에서 살고 싶어 누나. 엄마가 거기 있단 말이야."

누나는 대답 대신 상수의 손을 잡고 봇짐을 끌어안는다. 마을 사람들이 십시일반으로 보태준 돈에 작은 집을 정리한 돈을 모아 순이의 연락처 하나 들고 고향을 떠나는 마음은 무섭고 불안하기만 하다. 공부를 더 하고 싶지만 동생 먼저 공부를 시키고 자신은 야학을 다닐 참이다.

"어떻게든 되겠지. 잘 될 거야. 상수 굶기지 않고 공부도 끝까지 시켜주고 장가도 보내야지. 근데 배고프다. 꼬르륵거려 잠이 안 와."

갑자기 세상에 둘만 덜렁 남아버린 상수와 누나. 앳된 두 사람이 고픈 배를 부여잡고 육지로 향한다. 어떤 미래가 펼쳐질지 모르겠지만 일단 돈을 벌 수 있다니 가보자. 열아홉 꽃다운 청춘인 누나가 상수의 손을 꼭 잡는다.

"밧줄 잘 내리고 왔죠? 해가 쨍쨍하니 페인트 잘 마르게 후딱 끝내봅시다. 오늘은 101동, 102동 작업을 진행합니다. 모두 안전모부터 착용하시고요."

"…"

"신상수 씨, 왜 안 올라가고 그러고 있어요? 어디 불편해요?"

"저… 사장님. 저는 오늘 작업 빠지면 안 될까요…?"

"아니, 그걸 현장에 와서 말하면 어쩝니까. 작업자가 한 명만 빠져도 계획이 틀어지는데, 못 할 거 같으면 미리 말을 했어야죠!"

"…죄송합니다."

"보니까 어디 아픈 데는 없는 거 같은데 왜 그래요? 하고 싶은 사람 줄 섰으니 내일부터 나오지 말고 오늘은 얼른 일해요! 쯧."

파랗게 질린 스물한 살의 상수는 사장의 책망에 고개를 숙인다. 더 큰 도시에서 일하기 위해 신문에서 찾은 인력사무소의 소개를 받고 잡은 일자리였다. 집세를 벌기 위해 일당이 높은 일을 소개해 달라 하니 이곳으로 배정을 받았다. 인력사무소 소장은 기술이 없는 상수에게 가장 좋은 일자리라고 했다.

"웁… 우웁….”

일을 시작한 지 일주일이 되었지만 상수는 매일 구토와 어지럼증에 시달렸다. 외벽 도색을 시작하기 전까지 이토록 높은 곳에 올라와 본 적이 없으니 고소공포증이라는 것도 모르고 살았다. 한 달만 하고 그만두자 다짐했지만 공중에서 오줌이라도 지릴 것처럼 겁이 난다. 15층에 올라 밧줄을 내리고 자신이 의지해야 하는 그 줄을 바라보니 생각보다 가느다란 것 같아 불안해진다.

"상수야, 뭐 하나. 후딱 타라."

"반장님… 저… 너무 무서워요….”

"인마 당연히 무섭지! 10년 줄 탄 나도 무서운데! 괜찮다.”

"반장님…!”

"안전장치를 믿고, 나 자신을 믿고, 붓질에 집중하다 보면 발이 땅에 가까워지는 법이다. 남의 돈 받아먹기가 쉬운 줄 알았나? 일해서 뜨신 밥 먹는데 얼마나 고맙나. 가서 오줌부터 싸고 와라. 그러다 바지에 지리겠다 인마.”

반장은 청년 상수의 겁먹은 얼굴에 짜증 섞인 말을 뱉고 줄에 오른다. 상수는 내려가는 반장의 뒤통수를 외면하고 고개를 숙이고 있다 냅다 계단으로 뛴다. 1층까지 숨차게 뛰어 내려온 상수는 안전모와 안전장치를 내팽개치고 아파트 후문을 향해 달린다. 도망치자, 도망쳐, 나는 할 수 없어, 나는 한심한 사람이야, 누가 자신을 쫓아오기라도 하는 것처럼 뛰고 또 뛴다.

"왜 길이 안 끝나, 헉헉. 언제까지 뛰어야 해. 언제까지 도망쳐야 해, 헉헉."

상수가 식은땀을 잔뜩 흘리며 잠에서 깬다. 머리맡에 놓인 물을 벌컥벌컥 들이켜고 땀을 닦은 상수는 가슴을 쓸어내린다. 땀으로 러닝셔츠까지 젖었다. 청년 상수의 악몽은 아직까지도 반복된다.

"걱정 마. 학교 안 가도 돈 많이 벌어 집도 사고 누나도 편하게 해줄게."

누나와 살던 작은 동네를 떠나 큰 도시에 오자마자 상수는 다시 도망쳤다. 상수는 극복이나 열심 같은 단어가 버거웠다. 아직 꿈속에 머물러 있는 듯 지난날들이 상수를 스쳐 지나간다.

"쉰이 넘었는데 잘 살고 있는 건가. 이 나이 먹도록 모르겠어."

돌아보면 그때는 누나도 참 어렸다. 학교도 관두고 상수를 먹여 살리기 위해 갖은 고생을 다 한 누나를 생각하면 미안함과 부담감이 동시에 몰려온다.

이제 누나는 어린 상수를 돌보던 시절보다 더 아이 같아졌다. 알츠하이머에 걸려 기억하는 일보다 기억하지 못하는 일이 더 많아졌으니까. 고단한 기억을 잊는다는 건 일부분 다행이다. 상수의 죄책감을 덜고 누나를 마주할 수 있으니 말이다.

잊힌 듯 지운 듯 살다가도 도시에서 잘못 끼운 첫 단추가 기억 위로 떠오르면 순간 숨이 쉬어지지 않는다. 그때 도망치지 않았더라면… 큰 도시로 나가지 않고 메리골드에서 공부나 기술을 배웠더라면… 그럼 나는 단추가 단정히 끼워진 오늘을 살고 있을까. 남들처럼 결혼도 하고 집도 사고 자식도 있는 시끌벅적한 풍경에 들어갈 수 있었을까.

살아본 적 없는 인생을 그리던 상수는 거실로 가 화분에 물을 준다. 답답할 땐 화분에 물을 주고 나뭇잎을 닦으면 마음이 진정된다.

"젊은 시절 누구나 한심할 수 있는데… 거기서 빠져 나오는 일이 쉽지 않네."

어른이라면 도망치지 않고 살아야 하니까. 그래야 된다고 강요하는 건 아니지만, 젊은 날을 흘려보냈다면 이제라도 성실한 삶을 살아가야 도리가 아닐까. 그래야 쨍하게 시린 청춘을 희생하며 키워준 누나에게 덜 미안하지 않을까.

잎사귀를 닦는 상수 옆에 어느새 누나가 쪼그리고 앉아 손을 모으고 귀엣말을 속삭인다.

"아저씨, 나 배고파."

"아침으로 뭐 먹을까."

"김에 밥 먹을까?"

"누나는 김밥을 그리 말고도 또 김에 밥이 먹고 싶어?"

"나 김밥 만들 줄 모르는데. 나 배고파, 밥 줘."

상수는 뒤돌아 조금 울고 싶어졌다. 총명하던 누나였는데. 따뜻한 밥을 김에 싸 누나의 입에 넣어준다. 누나는 맛있게도 먹는다. 다행이다. 이거라도 할 수 있어서.

"아저씨, 우리 빠방 언제 타?"

"누나, 버스 타고 싶어? 그럼 내일 탈까?"

"오늘 타고 싶어, 오늘, 오늘."

"우리 누나는 버스 타는 게 즐겁구나. 오늘은 보호사님이랑 김밥집 가는 날이잖아."

"이쁜 언니 오는 날이야? 그럼 나 그 언니랑 놀래. 아저씨, 나 빨리 밥 줘."

또 다시 밥을 퍼 누나 앞에 놓는다. 누나는 밥그릇을 받자 싱글벙글 웃는다. 사투리를 진하게 쓰던 누나는 한번씩 이렇게 상수가 본 적 없는 어린아이로 돌아가 버린다. 양 볼 가득 밥을 입에 물고 누나가 웃는다. 상수도 따라 웃는다.

아기 새처럼 밥을 받아먹는 주름진 누나의 눈가에도 작고 이쁜 것이 반짝인다. 둘은 서로의 반짝임을 모른 척한다. 그러고 보면 가장 가까운 사이가 어쩌면 비밀이 가장 많은 사이일지도 모른다. 그건 아마도 사랑하는 이의 마음을 지켜주고 싶어서일 것이다.

"내일은 오전 근무만 하는 날이니 우리 도시락 싸서 소풍 갈까?"

"좋아. 히히. 나 밥 더 줘."

"아유, 배가 이리 빵빵한데! 이리 와서 화분에 꽃 좀 봐. 꼭 누나처럼 고운 꽃이 피었어."

걸음을 옮기는 상수의 코끝이 빨개진다. 젊은 날엔 고마운 줄도 모르고 툴툴대기만 했는데 이제 와 미안하다니. 메리골드에 둘이 와서 매일 밤 숨죽이며 울던, 세상 풍파를 헤쳐 나가던 젊은 누나의 슬픈 눈빛은 이제 어디에도 없다.

어쩌면 기억을 잃는다는 건 단순한 행복으로 가는 길이 아닐까. 이렇게라도 생의 고단함을 잠시 잊는 누나를 보며 상수는 옷걸이에서 매일 입는 단정한 셔츠 대신 단추가 없는 옷을 골라 입는다. 첫 단추를 잘 끼우는 건 너무 어려운 일이니까.

먹던 그릇을 정리하고 사과를 한 입 베어 물자 담당 복지사가 벨을 누른다. 누나와 상수의 하루가 동시에 시작된다.

"방글아, 나는 세탁하면서 구정물이 빠져나가면 마음의 때까지 빠진 듯 개운하더라. 탈탈 털어 줄에 널면 바람에 흩날리는 빨래에서 물방울이 꽃잎처럼 날리는 것 같아."

뒷마당의 튼튼한 나무 두 그루 사이에 줄을 걸고 빨래를 털어 널 때면 한 줄기 햇살에 충만히 만족스럽다. 산들바람에 흩날리는 빨래 냄새를 맡으며 마음 세탁소 옥상에서 하얀 면 티셔츠가 바람에 말라가던 광경을 그린다.

"보고 싶다."

당장 달려가고 싶지만 할 말을 고른다. 외모도 바뀌었는데… 알아볼 수 있을까? 슬픔 속에 지은을 잊고 살아가는 이들의 고요함에 돌을 던지는 건 아닐지 걱정이 된다.

"자연스레 만나지겠지? 괜찮아, 잘 될 거야."

주머니에 방글이를 넣고 품이 넓은 나무에 기댄다. 너도 나처럼 비밀이 많지. 비밀을 많이 간직한 존재들은 유독 품이 넓고 깊은 것 같아. 나무도 바다도 하늘도 바람도 말이야.

"한번 안아보자."

품을 내어주기만 하는 나무를 지은이 뒤돌아 안는다. 너도 참 사느라 수고가 많다, 이번엔 바다와 하늘을 안는 시늉을 한다. 빨간 꽃잎들이 지은의 발 주위에 몰려와 빙글빙글 돈다. 꽃잎 하나를 집어 들어 오래전 누군가와 나눈 대화를 떠올린다.

"지은 씨, 행복해지려면 먼저 무얼 해야 하는 줄 알아요?"

"글쎄요. 즐거운 일을 만드는 거?"

"일단 감정을 피하지 말래요. 슬픔을 인정하고 불행과 화해하래요. 잘못할 수도 있고, 실수할 수도 있고, 화해가 어렵다면 그럴 수도 있어, 라고 자신에게 말해주래요."

"그럴 수도 있어…"

"어렵죠. 지은 씨의 슬픔까지 사랑하지만, 이제 진심으로 행복해지면 좋겠어요. 지은 씨 마음의 얼룩은 제가 지워주고 싶은데… 방법을 몰라 엄마가 남긴 책에서 읽을 글이에요."

"고마워요."

정말 좋은 기억은 바래지 않고 생생하다. 지은은 청바지 뒷주머니에서 사진을 꺼내어 그 사람의 얼굴을 만져본다. 그가 찍은 사진을 얼마나 많이 들여다보았는지 귀퉁이가 닳아 있다.

"해인 씨… 이 사진을 본 순간 알았지. 내게 남은 몫의 생이 있다는 걸. 당신도 그립고 사람들도 그립고 옥상에서 바라보는 마을 풍경도 그리워."

말이 끝나자 빨간 꽃잎들이 지은을 뱅글뱅글 감싸 안아 마음 세탁소 옥상에 내려준다. 오랜만에 돌아온 집이다. 긴장이 풀리고 편안하다. 천천히 옥상을 거닐며 빨랫줄 앞으로 간다.

"아직도 옥상에 하얀 반팔 티를 걸어두네… 여전히 초를 밝히고… 입구에 마음 사진관 팻말도 있고…."

꽃잎들도 신이나 옥상을 굴러다닌다.

"집에 오니까 좋지? 곧 돌아오자."

밤은 깊고, 도시에 꽃향기는 아득한 밤이다.

이상하다. 분명 타이어 정비를 마치고 나왔는데 차가 왼쪽으로 기운다. 승객들에게 양해를 구하고 버스 밖으로 나가보니 낭패다. 무엇에 찔렸는지 타이어 바람이 빠져 있다.

상수는 허리춤에 손을 올리고 머리를 긁적인다. 고려해 본 적 없는 사고에 머리가 하얘진다. 정해진 루틴대로의 네모난 버스라는 평온이 펑크나 버렸다. 차창 밖으로 내다보는 승객들에게 고개를 꾸벅 숙이고 다른 타이어들을 살피는 척하며 오른손 검지 손톱을 물어뜯는다.

어떻게 해야 하지, 모르겠어, 상수가 당황해 타이어만

바라보고 있으니 지나가던 버스들이 비키라고 경적을 울린다. 빵빵— 빵빵— 이내 다른 버스가 도착하고, 기사가 내린다. 상수는 고개를 푹 숙인다.

"형님, 버스에 문제라도 생겼어요?"

같은 회사에 소속된 박 기사가 다가온다. 박 기사는 작은 사고 한 번 없이 운행 시간도 칼같이 지켜온 상수의 곤혹스러워하는 모습을 보며 큰일인가 싶어 서둘러 버스를 살핀다.

"타이어가 펑크 났구만! 이거 운행하기 힘들겠는데요? 어차피 같은 라인이니 승객 분들 우리 버스로 옮겨 타시라고 하고 서비스 차량을 불러야겠어요!"

박 기사는 곧장 회사에 전화를 걸어 상황을 설명하고 승객들을 자신의 버스로 이동시킨다. 승객들은 별말 없이 뒤이어 온 버스에 올라탄다.

"큰 사고 아니니 걱정하지 마세요. 곧 수리 차량 온다니까 버스 조금 앞으로 빼두고 잠시 기다리고 계세요. 아차차, 형님 번호 좀 찍어줘 봐요, 혹시라도 다른 문제 있으면 전화해요!"

상수는 박 기사가 건넨 핸드폰을 받아 들고 여전히 고개를 숙인 채 번호를 찍는다. 박 기사가 다시 버스에 오르면서 걱정스러운 눈길로 상수를 살핀다.

"저 형님 괜찮으려나? 많이 놀랐나 보네."

박 기사의 버스가 출발하고 회사의 수리 차량이 이어 도착했다. 참 빠르네, 사람들은 참 빨라, 상수는 수리 기사에게 인사를 한다. 차량에서 내린 두 명의 기사는 상수에게 고개만 까딱한 뒤 타이어 펑크를 처리한다.

"대충 때우긴 했는데 혹시 모르니 정비 봐야 해요. 여기서 5분 거리에 센터가 있으니 완료 후 회사로 입고시켜 드릴게요. 수고하세요!"

"…아, 네."

인사를 하는데 갑자기 휴대폰 진동이 울린다. 누나 전화가 아니라면 시계와 알람으로나 사용하는 휴대폰 화면에서 회사 번호를 확인하고는 얼른 통화를 누른다.

"신 기사님 괜찮으세요? 박 기사님한테 전화 받았어요! 오늘 다른 기사님들이 운행 뛰어주기로 하셨으니까 반차 처리하고 댁에서 좀 쉬시면 어때요?"

최 주임이 빠르게 용건을 말하고 전화를 끊는다. 상수에겐 너무도 큰일인데 다른 사람들은 이리 해결이 빠르다니. 상수는 크고 작은 문제들을 해결하는 게 아직도 어렵다. 어려움을 피하기 위해 인간관계도 만들지 않고 매일 정해진 루틴대로 살고 있는데, 예상치 못한 변수가 생길 때면 정말 아찔하다.

사람들이 가고 혼자 남은 도로변에서 상수가 주변을 둘

러본다. 집으로 가는 버스를 찾기 위해 노선표를 살펴보니 반대편으로 가서 타야 한다. 신호등 앞에 선 상수의 눈에 그제야 바다와 마음 식물원이 보인다.

"저 건물은 원래 저기 있었나? 버스처럼 직사각형이네."

가로로 긴 건물엔 전면 통창이 나 있고 싱그러운 꽃과 나무가 가득한 내부가 훤히 보인다. 정류장에서 몇 걸음 떨어져 있지 않은 직사각형의 건물을 바라보며 상수는 절로 입이 벌어진다.

"해를 등지고 있어 그런가… 건물 뒤로 후광이 비추는 거 같아. 꽃들도 참 곱고. 우리 누나가 좋아할 것 같은데 나중에 한번 가봐야겠어."

집으로 가는 버스가 도착했다. 상수는 버스에 올라서다 알 수 없는 이끌림에 멈칫한다. 한 걸음 올라섰다가 버스에서 다시 내려 기다란 직사각형의 건물을 바라본다. 누나와 함께 오려면 만일의 상황에 대비해 먼저 살펴보고 동선을 파악하는 편이 좋을 것이다.

길을 건너 건물을 향해 몇 걸음 걷자, 얼마 지나지 않아 바다가 보인다. 낮의 해변은 쉼 없이 파도가 친다. 7월의 쨍한 햇살은 짙은 바다를 반짝이게 한다. 윤슬을 본 적이 있던가. 황홀함에 바다를 바라보는데 주머니에서 진동이 울린다.

"형님, 어디 안 좋아 보이던데 괜찮아요?"

"박 기사, 아깐 내가 너무 놀라서 경황이 없었어. 괜찮아. 도와줘서 고마워."

"고맙기는요, 동료끼리 도와야죠. 푹 쉬고 내일 봐요!"

회사에 입사하고 처음으로 동료의 걱정을 받으니 전화를 끊고도 한참 동안 마음이 찡하다. 바다를 등지고 다시 걸어 나오니 앞에 숲이 펼쳐진다. 정류장에서 볼 때는 바다에 떠 있는 것만 같던 건물이 이제는 숲에 안겨 있는 것만 같다.

마음의 얼룩도 상처도 모두 꽃피워 드립니다.
어서 오세요, 여기는 마음 식물원입니다.

"마음을 꽃피운다니. 마법이라도 부리나? 재미난 공간이네."

건물 앞에 손 글씨로 적힌 판넬을 읽으며 상수는 고민에 빠진다. 지우고 싶은 얼룩과 상처가 어찌 꽃이 된단 말인가, 돌이나 흙 같은 거면 몰라도, 지나치게 희망적인 사람이 운영을 하나 보다.

"말도 안 되지만 누나랑 와보려면 들어가 볼까."

평소와 다른 빠른 결정을 하고 상수는 기차 레일을 옮겨놓은 나무 계단을 천천히 걸어간다. 문짝이 없이 동그란 아치에 능소화가 활짝 핀 입구에서 머리카락이 짧고 볼에는 주근깨가 가득한 여자가 앞치마에 손을 넣고 오래 알던 이를 반기듯 활짝 웃는다. 놀란 상수는 뒤를 돌아보지만 아무도 없다. 싱그럽게 웃는 여자의 등 뒤로 꿈결 같은 말소리가 들린다.

"어서 오세요, 마음의 얼룩과 상처를 꽃피워 드리는, 여기는 마음 식물원입니다."

※

"저는 제가 어떤 사람인지 잘 모르겠어요."

"내가 어떤 사람인지 아는 사람이 몇이나 있을까요? 생의 끝에 가서야 아… 나는 이런 사람이었던 거 같다, 하고 알게 되는 거 아닐까요."

"그런가요."

"삶은 나에게로 향하는 여행 같아요. 보이는 나와 실제의 내가 하나가 되어 자신을 온전히 받아들이는 과정이 아닐까 싶어요. 상수 씨, 차 한 잔 더 드릴까요?"

"네, 고마워요. 찻값은 정말 안 받습니까? 여기는 쉼터 같은 공간인가요?"

"그런 셈이죠. 말씀 드렸듯이 찻값도 무료, 마음을 피우는 비용도 무료입니다. 돌아가서 어느 날 우연히 고단한 어떤 이에게 손 내밀어 주시면 돼요. 그러니 세상에서 가장 비싼 차일 수도 있어요. 하하."

 섬세하고 고운 손으로 차를 따르는 사장이라는 여자가 웃는다. 외모는 상수보다 어려 보이는데 눈빛과 억양은 나이를 가늠할 수 없을 만큼 깊다. 상수는 홀린 듯 마음 식물원 안으로 들어와 유쾌한 사장에게 위로차를 대접 받고 마음 식물원에 대한 이야기를 들었다. 낯설어 두리번거리는 상수에게 팔짱이라도 끼듯 빨간 꽃잎들이 날아와 맴도는 광경도 황홀하다.

 "꽃잎이 날아다니니 영화의 한 장면에 들어와 있는 것 같네요."

 "아름답죠? 이 꽃잎들은 마음 식물을 피우는 걸 도와줘요. 안심하세요, 좋은 녀석들이니."

 코끝을 찡긋하며 웃는 사장의 미소에 상수도 슬며시 따라 웃어본다. 마음이 스르르 풀린다는 위로차를 마시며 누구에게도 털어놓은 적 없는 속마음을 이리 술술 말하는 걸 보면 아름다운 마법에 걸린 것일지도 모르겠다. 고개를 드니 커다란 나뭇잎이 우산처럼 상수를 향해 드리워져 있다. 나뭇잎 아래에 앉아 있으니 감싸인 듯 보호받는 느낌이 든다.

 "우산 같죠? 가끔 비 오는데 우산 없이 오시는 분들 있으면 이 나뭇잎을 꺾어드려요."

"아… 네."

"상수 씨. 자연은 참 놀라워요. 나무 곁에 이렇게 가만히 있는 것만으로도 위로가 돼요. 치료제 같달까? 저는 여기서 꽃과 나무들이랑 같이 살면서 편안해진 거 같아요."

"편안하다니. 정말로 부러워요. 저는 도통 사는 일이 편치 않았거든요. 힘든 일이 생기면 해결하려 시도해 보지 않고 도망쳐 버리곤 했어요. 힘들어서요."

"힘들 땐 도망치는 것도 방법이죠."

"아…. 그런 말은 처음 들어봐요. 젊은 시절 동료에게 이런 고민을 털어놓으면 아직 배가 덜고파 그런다 했거든요."

시간은 후회할 때 거꾸로 흘러간다. 지은의 눈에 쉰의 상수가 스물하나의 상수로 보인다. 타고나기를 소심한 사람이 상처를 입으면 굴을 파고 들어가기 마련이다. 상처의 크고 작음은 본인이 정할 수밖에 없다. 남들이 눈에는 작은 상처여도 자신에겐 심장을 반으로 가른 듯 아프기도 하다.

커다란 나뭇잎이 상수의 어깨를 괜찮다는 듯 어루만지자 선선한 바람이 불어온다. 상수는 지난 일을 떠올리며 고개를 숙이고 있다가 부드러운 바람결에 불현듯 말을 잇는다. 배 속에 묵직하게 자리 잡은 돌을 꺼내듯, 무겁고도 천천히 자기 고백을 한다.

"저는… 사실 부모 없이 사촌 누나의 희생으로 자랐어요. 평생 저만 바라보며 살았는데, 젊은 날엔 누나의 헌신이 부담스럽고 가끔 미련해 보여 짜증도 났어요."

"지금 알고 있는 걸 그때 알았더라면 아마도 젊은 날이 아니겠죠. 지금은 어때요?"

"누나가 병에 걸려서 제가 이곳으로 돌아왔는데, 지금은 누나가 아픈 이유가 잘 살지 못한 제 탓 같습니다. 한심하죠."

"한심하긴요. 그동안 많이 힘들었겠어요. 고생했어요."

"이런 말을 들은 것도, 이런 이야기를 입 밖으로 꺼낸 것도 처음이네요. 여기서는 왠지 말해도 될 것만 같아요. 혹시 민폐라면 미안해요."

"괜찮아요. 때론 하나의 사건이 평생을 지배하기도 해요. 저는 오랜 시간 어떤 일에서 헤어 나오지 못하고 살았어요. 살아도 산 게 아니고 웃어도 웃는 게 아닌 껍데기로 살았어요."

"하도 밝으셔서 전혀 몰랐습니다. 그럼 지금도 그런가요?"

"지금은 지나보니 슬픔 '때문'이 아닌 슬픔 '덕분'에 생이 찬란했구나 싶어요. 과거의 과오는 어쩔 수 없이 지나간 일이라 생각해요. 껍데기에 영혼이 돌아왔나 봐요. 이제는 웃을 일이 있으면 마음껏 웃어요."

"아…."

지은이 분홍색 샤프란 화분 앞으로 가 상수에게 손짓한다.

"상수 씨, 이 화분에 핀 샤프란의 꽃말을 알아요?"

"샤프란이면… 섬유 유연제 아닌가요?"

"섬유 유연제나 향신료로도 쓰이죠. 꽃말은 지나간 행복과 후회 없는 청춘이래요. 비밀 하나 알려드릴까요? 이 화분은 젊은 날의 후회 가득한 마음을 피워낸 어떤 손님의 꽃이에요."

후회 가득한 이가 피워낸 후회 없는 청춘의 꽃이라니. 젊은 날은 누구에게나 후회스러운 걸까.

"이 식물원 안에 핀 많은 꽃과 나무들은 사람들의 후회와 아픔으로부터 왔어요. 돌과 흙까지 모두요."

"후회와 아픔이 꽃과 나무 돌과 흙으로 다시 태어난다는 건가요? 어떻게 그럴 수가 있죠…?"

상수가 너무 놀라 가까이의 나무 기둥을 손으로 짚는다. 반짝이는 지은의 눈빛이 진지하다.

"후회와 아픔은 때론 생을 살아가게 하는 힘이 되니까요. 가치 없는 감정은 없어요. 슬픔이 있어야 기쁨도 있고, 후회가 있어야 다음의 후회 없는 선택도 있지 않을까요?"

"그런가요."

"혹시 상수 씨도 피워내고 싶은 마음이 있나요?"

마음 식물을 피우고 싶냐는 제안에 상수는 기쁘면서도 머뭇거린다. 정말… 그래도 될까.

"있어요…. 그런데… 그 마음을 꺼내도 될지 두렵고 걱정이 됩니다."

"걱정은 자연스러운 거죠. 두렵기 때문에 두려움을 안고 앞으로 나아갈 수 있기도 해요."

"그리 생각할 수도 있겠네요."

"생각에 따라 받아들임이 다르죠. 마음을 피워내지 않으셔도 좋아요. 선택은 언제나 자신의 몫이니 편히 결정하세요. 저는 식물에 물 좀 주고 올게요."

상수에게 생각할 시간을 주기 위해 물 조리개를 든다. 짙은 파란색 조리개는 창문 너머 바다를 닮았다. 상수가 천천히 일어나 지은의 곁으로 간다.

"제가 결정하는 데 시간이 오래 걸리는 편인데… 그동안 식물에 물주는 걸 도와드려도 될까요?"

"고맙죠! 물은 저쪽에서 담으시면 되고, 저는 그럼 반대편 화분에 물을 줄게요!"

지은은 경쾌한 걸음으로 다른 물 조리개를 집어 든다. 물 조리개 안으로 시원하게 물이 찰랑거린다. 걱정은 걱정을 낳고, 기쁨은 기쁨을 낳는다. 걱정을 이 물줄기처럼 흘려보낼 수 있다면 얼마나 편안해질까.

지은은 진지하게 화분에 물을 주는 상수를 뒤로하고 유리구슬을 들어 하얀 천으로 입김을 호호 불어 닦으며 평화를 소원한다.
　'유리구슬아. 오늘 밤 가장 편안한 잠을 잘 사람은 누구니. 오늘 밤 개안한 얼굴로 이 공간을 나갈 사람은 누구니. 그 사람의 시간을 기다리자.'

　'나를 용서할 수 있을까.'
　상수는 화분에 물을 주며 같은 생각을 반복한다.
　엄마가 아닌 누나의 헌신이 젊은 날엔 당연하게 느껴졌다. 일하고 돌아와서 힘든 내색 없이 밥 차려주는 누나에게 투정을 부리기도 했다. 누나의 살을 먹고 살고 누나의 땀으로 학교를 다녔지만 고마운 줄 몰랐다. 때론 자신만 보는 누나가 부담스러워 성을 내기도 했다.
　상수가 성을 낼 때면 누나는 낮은 한숨을 쉬며 뜨개질을 했다. 눈물은 흘리지 않았지만 무언가가 완성되어 갈 때마다 누나의 눈물인 것 같아 상수는 이것들을 몸에 걸치지도 않았다.
　"우리 상수, 이제 곧 있으면 대학 가서 번듯한 회사에 다녀야지. 그리고 착하고 좋은 여자 만나 결혼만 하면 나는 소원이 없겠어."

주문을 외듯 내비치는 누나의 속내를 들을 때마다 상수는 불안해졌고 도망치고 싶었다. 회사는커녕 공부도 싫고 혼자 있는 시간이 편안하다. 나로 살아가는 일도 버거운데 가정을 이루어 아내와 자식들을 책임져야 한다 생각하면 숨이 막힌다. 상수는 스무 살이 되었고, 학생도 직장인도 되지 못했다.

밤늦도록 문간에서 뜨개질을 하며 상수를 기다리는 누나의 눈가에 주름을 보고 상수는 마침내 도망치기로 결심했다. 누나가 기대하는 삶을 이뤄갈 자신이 없다. 상수는 자기 방식대로, 누나는 누나의 방식으로 삶을 살면 된다고 마음을 먹었다. 도망치자, 누이로부터. 도망치자, 현실로부터. 도망치자, 한심한 나로부터.

"엄마가 살아 계셨으면 이 고생 안 했을 건데! 괜히 여기 와서 이 고생을 해! 그놈의 뜨개질 좀 그만해 누나! 밤이 늦었는데 뭐 하는 거야! 지지리 궁상떨지 말고 옷 좀 사 입어!"

"그러게… 엄마가 살아 계셨으면 좋았을 텐데. 상수야, 누나 옷 많아, 걱정 마. 잠이 안 와서 하는 거야. 그리고 돈 모아서 너 대학 등록금도…."

"아직도 몰라? 나 공부 못해 누나. 포기해. 대학 안 간다고! 진짜 답답해. 나 내일 집에서 나갈 거야."

상수의 말에 뜨개질을 하던 누나의 손이 멈춘다. 상수는 방문을 세게 닫고 들어가 버린다. 집을 떠나겠다는 말이 괜한 말은 아니었다. 마침 도시에서 일하는 친구가 일자리를 알선해 준다고 해서 마음이 동하던 차였다. 화를 삭히지 못하고 이불을 뒤집어쓰고 누웠는데 누나가 방문을 두드린다.

"상수야, 밥 차려놨어. 나와서 먹어."

저녁을 거른 상수가 염치를 무릅쓰고 나와 보니 깡마르고 왜소한 누나가 동그마니 불 앞에 서서 불고기를 데우고 있다. 차려진 밥상 앞에 앉아 밥을 욱여넣으며 상수는 목이 막힌다. 누나가 물 컵을 건네며 앞치마 주머니에서 슬그머니 봉투를 하나 꺼낸다.

"일단 이 돈으로 생활해. 무리하지 말고 일하다 안 맞으면 다시 공부해. 누나는 너만 행복하면 돼. 힘들면 언제든지 돌아와. 밥 잘 챙겨 먹고."

상수는 누나가 준 봉투를 집어 들고 방에 들어가 가방에 대충 옷가지들을 담는다.

"갈게. 내 걱정은 하지 말고. 누나도 이제 누나 인생 살아. 연락할게."

멀어지는 상수의 발걸음 소리가 자취를 감추고 나서야 누나는 조용히 눈물을 훔쳤다.

젊은 날엔 왜 그리 누나의 사랑이 답답하고 화가 났는

지. 상수는 봉투 안에 함께 들어 있던 누나의 편지가 아직도 생생하다.

 태어난 모든 사람은 사랑받아야 해. 특별한 이유 없이 너라는 이유로 너를 사랑해. 누나의 기대로 네가 힘든지 몰랐어. 미안해. 언제든 기댈 곳이 필요할 때 힘든 마음속을 함께 걸어줄게. 그리고 누나는 언제나 네 편이야.

 누나의 편지를 읽으며 도시로 가는 기차에서 미안한 한 편 후련하기도 했다. 누나가 원하는 삶이 아니라 내가 원하는 대로 살아야지.
 그리 도망치듯 도시로 나왔지만 세상은 차가웠다. 불빛은 화려한데 내 방은 한 칸도 없다. 이방인, 혹은 방문자로 겉돌듯 살았다. 그리 살다 돌아와 보니 고생을 많이 한 탓인가 상수는 또래보다 나이 들어 보인다.
 돌이켜 보니 상수를 키우기로 결심한 그때의 누나는 겨우 열아홉, 한참 앳된 나이였다. 내가 누나의 기대대로 살았더라면… 누나가 이리 빨리 병에 걸리지 않았을 텐데…. 상수는 메리골드에 돌아온 이후부터 죄책감에 마음이 편치 않다. 나 때문에 누나가 아픈 것 같다. 아니… 그때… 누나의 결혼을 말리지만 않았어도…!

"모르는 사람들이랑 살기 싫어. 누나는 시집가! 난 혼자 살게. 왜 나까지 데려가려 그래?"

열네 살, 상수가 한창 사춘기를 겪던 나이에 누나는 입매가 다부져 보이는 남자와 결혼을 한다고 했다. 가족이라고는 친동생처럼 키운 사촌 조카밖에 없는 누나를 배려해 상수와 함께 살기로 했다고는 하지만, 남자의 집안에서는 가난한 데다 사촌 조카까지 데려오는 결혼을 반길 리 만무했다.

어느 날은 나이 지긋한 어르신이 집까지 찾아와 누나에게 더 이상 아들과 만나지 말아달라고 부탁을 하고 있었다. 누나는 어린 동생을 혼자 둘 수 없다며 어르신에게 무릎까지 꿇었지만, 어르신은 대답 없이 대문 밖으로 나가버렸다. 뒤늦게 이를 알게 된 남자가 사과하며 가족과 연을 끊고 살겠다고 매달렸지만 착한 누나는 안 된다며 울기만 했다. 그때만 해도 어렸던 상수는 그저 서러웠다. 누나에게 혼자 살겠다고 큰소리쳤지만 무섭기도 했다.

"상수야, 우리 셋이 같이 살아보자. 살다가 아기가 생기면 어머님도 우리를 받아주실 거야."

누나가 잔뜩 골이 나 있는 상수에게 말을 꺼내자마자 상수가 버럭 화를 냈다.

"받아주긴 뭘 받아줘! 남이랑 살기 싫어! 결혼할 거면 내가 다 커서 나가면 하든가! 내가 제일 소중하다며! 전부 말뿐이지!"

"말뿐이긴, 네가 제일 소중하지. 가족이라곤 너랑 나밖에 안 남았잖아…."

"그럼 나 혼자 살 테니까 내버려 둬! 난 그 아저씨랑 안 살 거니까, 누나나 가서 살아."

상수는 거칠게 언성을 높여갔고, 몇 달 뒤 누나는 밥상에 자주 올리기 어려운 불고기와 잡채를 볶아 올리며 상수에게 결혼을 하지 않기로 했다고 전했다. 상수가 크면 결혼할 테니 걱정 말라는 말을 들으며 상수는 숟가락으로 밥을 덥석 퍼 먹었다.

누나는 상수의 숟가락에 불고기를 올려주며 웃지도, 울지도 않았다. 물질을 그만두고 다른 일을 하겠다며 섬을 떠나던 그 날과 몹시 닮은 누나의 얼굴을, 상수는 못 본 척하고 밥그릇을 비워냈다.

한동안 말수가 부쩍 줄어든 누나는 그때부터 매일 밤 뜨개질을 시작했고, 시장 가판에서 음식 장사를 했다. 고운 소녀였던 누나를 외로이 홀로 사는 할머니로 만든 건 상수 자신인 것만 같다.

그때 결혼을 말리지만 않았더라면. 혼자 살겠다며 누나의 속을 쓰리게 하지 않았더라면. 애초에 누나와 함께 살지 않았더라면, 누나는 지금보다 행복했겠지? 바다가 엄마를 삼키지만 않았더라면 우리는 모두 행복했을 텐데. 모든 일이 야속하다.

"감정을 씻어 내리려면 물줄기가 필요하겠어. 식물에 물을 주듯 우리, 저이의 마음에 물을 주자. 하늘아, 도와줘."

바닥에 주저앉아 후회로 괴로워하는 상수를 지켜보던 지은이 빨간 꽃잎 하나를 하늘로 올려 보낸다. 하늘아, 바다야 오늘은 저이를 도와주련. 부탁해.

숱한 미안함을 피워내도 된다면… 비라도 사정없이 쏟아부어 주면 허락의 표식이라 믿을 텐데. 모르겠다. 모를 땐 도망치자. 몸을 돌리자 소나기가 쏟아진다.

쏴아아— 하고 내리는 소나기에 물에 젖은 흙냄새가 연기처럼 피어오른다. 상수는 양팔을 벌려 비를 맞는다. 엄마를 찾아 섬마을에서 비를 맞던 그날처럼 하늘이 대신 울어주기라도 하듯 감정을 비를 타고 흐른다.

자유롭다. 살며 자유로움을 느낀 적 있던가. 어디에도 묶이지 않았으니 자유롭지 못할 이유도 없지만, 스스로를 틀 안에 가두어 왔던 상수였다.

세상은 정해진 일상을 살면 성실하다고 평했다. 성공하지 못했으니 성실하기라도 해야 할 것 같았다. 대체 성공 그딴 게 뭐라고. 엄마가 살지 못한 오늘까지 잘 살아 있으면 성공 아닐까? 이건 억지인가.

너털웃음을 짓는 상수의 몸에서 모락모락 김이 오른다. 한기로 몸이 떨리는데 커다란 나뭇잎이 빗속에서 상수의 머리 위로 드리운다.

"봐요, 우산으로 쓰기 딱 좋죠? 비를 맞으니 우리도 나무 같아요! 신난다!"

커다란 나뭇잎의 줄기를 상수의 손에 쥐어주고 흠뻑 비를 맞은 맨발의 지은이 경중경중 뛰어다닌다. 참 이상한 사람이야. 뛰어다니는 모습이 마치 요정의 날갯짓처럼 가볍고 자유로워 보인다.

"금방 비가 그쳤네요! 이 하얀색 테이블을 창문 앞으로 옮기면 예쁠 것 같지 않아요? 도와줄래요?"

입구로 뛰어간 지은이 동그랗고 하얀 테이블과 의자 두 개를 가리키며 상수에게 도움을 청한다. 상수는 쓰고 있던 나뭇잎을 내려두고 걸어가 테이블을 번쩍 든다. 지은이 의자를 들고 따라와 바다를 향해 난 창문 앞에 두더니 박수를 친다.

"역시 창문 앞이 어울린다니까. 근데 올여름은 유난히 소나기가 자주 오는 거 같아 좋네요!"

"예고 없이 내리는 비를 좋아하세요?"

"비가 시원하게 내리면 근심까지 씻겨 내려가는 것 같지 않아요? 내 안에 실패하고 후회스러운 마음들도 비를 맞고 성장하는 것 같고요. 사는 일은 매일 성장하는 일이잖아요! 그래서 비가 필요해요."

"다들 성공을 위해 사는데, 성장이라니요?"

지은이 건넨 수건으로 비에 젖은 머리를 닦으며 상수가 묻는다.

"어제의 나보다 1밀리미터라도 성장한다면 사는 일은 성공 아닌가요? 성장, 성공, 그런 거 구분하는 게 뭐가 중요해요. 다 신경 쓰기엔 생각보다 생이 짧아요. 굳이 구분하면 어제보다 1분만 일찍 일어나도 성장이고 성공 아니겠어요?"

머리에 망치를 얻어맞은 듯 정신이 아찔해진다. 다른 사람들이 말하는 성공이라는 녀석에게 연연하고 살다보니 자신이 한심해 보였는데, 사장의 말대로라면 매일 성실히 살아가는 나도 그간 성장하며 살아온 사람이었구나 싶다.

"그런가요. 그런데 이 나무는 왜 새장 안에 넣었어요?"

상수가 창문 앞 나무 스툴에 놓인 새장 속 나무 화분을 가리키며 묻는다. 지은은 새장의 나무를 다정한 눈길로 바라보며 말한다.

"마음을 피워 위탁하고 가셨어요. 새장 밖으로 나갈 용기가 생기면 찾으러 오겠다고요."

"만약 그분이 찾으러 오기 전에 새장보다 나무가 커지면 어쩌나요?"

"각자의 역할이 있고 자리가 있듯, 나무도 자신이 자랄 만큼의 자리를 알아요."

"역시… 나무도 살아 있는 생명체군요. 저… 실례가 안 된다면 저도 이제 말씀하신 마음 식물을 피워도 될까요?"

"물론이죠. 이 유리구슬을 두 손으로 들어보세요."

"감사합니다. 구슬이 참 투명하고 예뻐요."

"눈동자 같지요? 마음을 비추는 거울이에요. 유리구슬을 안고 지우고 싶은 감정을 눈을 감고 생각해요. 눈을 뜨면 꽃잎들이 그 마음을 피워줄 거예요. 저는 젖은 옷 좀 갈아입고 올게요."

동그란 유리구슬을 바라보던 상수는 가슴 한 편이 뜨겁게 끓어오른다. 행복해지고 싶다. 사회적 통념이 요구하는 인생의 업적을 이루지 못했다는 자책과 누나를 향한 죄책감에서 자유로워지고 싶다. 그래도 된다면 말이다.

불길은 눈물로 툭툭 떨어진다. 소나기처럼 떨어지는 상수의 눈물을 맞던 유리구슬에서 오로라가 영롱하게 비친다. 순간 식물원은 어두워지고 바다 방향의 창문이 하얗게 바뀌면서 상수의 생이 빠르게 재생된다.

툭— 툭— 툭.

성실하게 반복되는 상수의 일상이다. 단정히 정리를 하고, 출근해 일하고 집으로 돌아와 하루를 보내는 반복된 삶이 그럭저럭 괜찮아 보인다.

화면이 바뀌자 이번엔 어린 상수의 손을 잡고 해사하게 웃는 누나의 얼굴이 보였다. 그리고 누나 곁에서 많은 이들이 이야기를 나누며 웃고 있다. 누나는… 혼자가 아니었구나. 동네 사람들과 음식을 나눠 먹고, 꽃구경을 하고, 목욕탕을 가는 일상이다. 그동안 웃으며 살아줘서 고마워… 안도와 함께 동그란 원을 그리듯 가슴의 응어리가 풀어진다.

상수의 눈물 섞인 웃음을 타고 빨간 꽃잎들이 유리구슬에서 빙글빙글 흘러나오다 초록잎으로 바뀐다. 진한 페퍼민트 향이 상수의 코를 스친다. 알싸하고 시원한 향을 맡으며 숨을 쉰다. 초록잎들은 음표 모양으로 날아다니다 상수의 손으로 다가온다. 나뭇잎이 초록색 나비처럼 날아 손바닥을 간질인다.

"간지러워… 하하…."

상수의 웃음소리를 듣고 나뭇잎들은 빛처럼 사라진다. 눈이 부셔 감았다 떠 손을 보니 작은 씨앗이 손에 들려 있다.

"꽃도 아니고 식물도 아니고 씨앗이네? 대체 무슨 씨앗이지?"

소리 없이 나타나 곁에 서 있던 지은이 어리둥절해 있는 상수의 어깨에 큰 수건을 둘러준다.

보물처럼 귀히 씨앗을 들고 있는 상수는 지은에게 햇살이 비추는 느낌을 받는다. 진심을 다한 웃음의 따스함에 마음이 벅차다. 마음이 가볍다. 이상하다. 한 번도 느껴본 적 없는 개운한 마음이다.

"상수 씨. 오늘 마음 식물원에 방문해 주셔서 고맙습니다."

지은의 인사에 상수도 천천히 허리를 숙인다. 때론 어떤 불운은 행운의 문을 여는 열쇠가 된다. 오전의 사고가 없었다면 마음 식물원에 올 일도 없었을 것이다. 상수는 머뭇거리며 입을 뗀다.

"염치없지만 제 마음 씨앗도 위탁할 수 있을까요? 회사와 집 말고 다른 장소에 온 건 오랜만입니다. 어딜 가고 싶어도 나이 든 사람이 젊은이들 노는 데 끼면 민폐가 될까 봐 피했는데, 여기는 편안해요. 오가는 길에 마음 씨앗도 돌보고, 사장님 바쁘실 때 식물들을 같이 돌보면 어떨까요."

느리지만 힘을 주어 말하는 상수를 바라보며 지은은 콧잔등이 주름지게 환히 웃는다. 웃는 지은을 따라 꽃잎들도 물결치듯 흘러간다.

"좋아요! 여기 오시면 초록의 싱그러운 기운에 마음도 개운해질 거예요. 자주 와서 초록숨 쉬어요. 늘 열려 있으니 편히 와요. 우산은 선물이에요!"

지은은 상수의 손에 우산으로 쓰던 나뭇잎 줄기를 쥐어 준다. 상수는 지은에게 다시 인사를 하고 입구를 향해 걸어가다 뒤돌아 묻는다.

"사장님. 저… 누나가 꽃을 참 좋아하는데 다음엔 동행해도 될까요?"

"물론이죠! 여기는 누구에게나 열려 있는 마음 식물원인걸요."

"감사합니다. 감사합니다, 사장님."

걸어 나오며 얼떨떨하다. 영화에서 보던 시간 여행을 한 것일까. 들어가기 전의 나와 마음 씨앗을 피워낸 후의 나는 다른 사람인 것만 같다. 마음에도 소화가 필요했던 걸까.

"아저씨, 나 배고파! 밥 줘!"

"어디서 누나 목소리가 들리는 거 같은데? 몇 시지? 내 정신 좀 봐. 벌써 저녁 먹을 시간 되어가네. 기다리겠어. 불고기 볶아 밥 먹어야지."

박 기사가 운전하는 버스가 불빛을 비추며 정류장으로 다가온다. 상수가 옅은 웃음을 지으며 반갑게 손을 흔든다.

　상수가 마트에서 저녁 재료를 가득 사 양손에 나눠 들고 골목길을 도는데 멀리서 누나가 상수를 향해 손을 흔든다. 놀란 상수가 뛰어간다.
　"위험한데 왜 밖에 나와 있어요! 길이라도 잃으면 어쩌려고."
　"에이, 상수야 누나가 왜 길을 잃어. 학교 끝난 지 언젠데 이제 오니, 기다렸잖아. 선생님 말씀 잘 듣고 친구들이랑 잘 놀았어?"
　누나는 요즘 자신이 행복했던 때로 시간 여행을 하고 있다. 지난번에는 중학교 졸업식 날이더니 이번에는 아무래도 상수가 어린아이였던 시절인 듯하다.
　"누나, 오늘은 새로운 친구를 만났어."
　"잘했네. 어떤 친구야? 집에 데려와, 맛있는 거 해줄게."
　"참 아름다운 마음을 가진 친구인데, 그 친구네가 식물원을 하더라고. 다음에 같이 갈래? 꽃 좋아하잖아."
　"우리 동네에 식물원이 있어? 좋아. 같이 가보자."
　상수는 짐을 내려 두고 누나의 손을 잡는다.
　"있잖아, 하고 싶은 말이 있어. 고마워. 나 때문만 아니었어도 누나가 편히 살았을 텐데… 나 때문에 고생시켜서 미안해."

"무슨 그런 말을 해, 너랑 살아서 외롭지 않고 너무 좋은걸. 네 덕분에 누나가 이렇게 열심히 사는 거 몰라? 섬 떠나 여기서 너랑 사는 거 너무 좋아. 혹시 밖에서 무슨 말 들은 건 아니지?"

"무슨 말을 듣기는. 나 키우느라 고운 시절 다 보냈잖아. 결혼도… 내가 말리고. 누나가 아픈 것도 이제와 보니 나 때문인 거 같아. 덜 고생했으면 좋았을 텐데. 미안해…."

고개를 숙인 상수를 이제 한참 작은 체구의 누이가 까치발을 들어 안는다.

"상수야, 부모 잃고 더부살이하며 살아갈 희망 없던 내가 너를 만나 따뜻하고 행복해. 내게 지킬 사람이 있다는 건 희생이 아니라 기쁨이야."

누나는 구부정하게 안긴 상수의 등을 쓸어내린다.

"아저씨, 근데 나 배고파. 밥 줘."

"아… 배고파 누나…? 오늘은 불고기랑 잡채 어때?"

"나 불고기랑 잡채 제일 좋아해! 상수가 불고기랑 잡채 해주면 밥 잘 먹어서 나도 좋아해!"

눈물을 멈추려 시선을 돌린다. 어둠이 내려앉은 마을 골목길에는 연통을 통해 밥을 짓는 연기가 모락모락 올라온다. 익숙한 풍경이 새삼 정겹다.

숨을 들이켜니 저녁 냄새가 들어온다. 달디 단 밥 냄새와 고등어 굽는 냄새, 고기 볶는 냄새, 된장 끓는 냄새, 나물 무치는 고소한 참기름 냄새, 멸치 육수 냄새, 김치 볶는 냄새가 어우러진다.

행복의 냄새를 힘껏 들이쉬고 우리 가족의 행복을 요리하러 상수도 집으로 들어간다. 따뜻하다. 오늘도, 내일도 누나에게 맛있는 밥을 해줘야지.

"누나, 들기름 둘러 계란 프라이도 부쳐 먹을까?"

"좋아! 나 세 장!"

지글지글, 상수와 누나의 집에서 정겨운 사랑의 소리가 저녁밥 짓는 냄새를 타고 퍼진다. 미안하고, 고맙고, 싸우고, 화해하고, 사랑하고. 가족의 온기가 집에 가득하다.

"여보세요, 마음 사진관이죠? 범준 씨구나. 여기 달콤 헤어요! 해인 사장님 출발했어요? 전화를 안 받으시길래. 아, 달리기 해서 오신다고요. 오케이, 수고해요!"

책을 찾으러 온다는 해인이 언제쯤 도착할지, 사진관 직원 범준이 친절히 알려준다. 달콤 헤어 사장은 손때 묻은 해인의 책을 카운터에 올려둔다.

"사장님, 안녕하세요!"

마침 해인이 땀을 닦으며 미용실로 걸어 들어온다. 하얀색 반팔 티셔츠에 검은 반바지를 입은 해인의 머리에 운동용 헤어밴드가 둘러져 있다. 이를 드러내며 활짝 웃는 해인의 웃음에 달콤 헤어 사장도 함박웃음을 짓는다. 저 총각은 언제 봐도 기분 좋게 웃는단 말이야.

"어서 와요, 해인 사장님. 책 여기 있어. 땀 좀 봐, 물 줄까요?"

"네, 고맙습니다. 이 책 한참 찾았는데 여기 있었네요."

"고맙긴, 여기 선풍기 앞에 앉아요. 나도 몰랐는데 어떤 손님이 이걸 물끄러미 보고 계시더라고. 순간 해인 사장님이 들고 있던 게 생각나지 뭐예요. 그 아가씨 아니었음 끝내 기억 못했을지도 몰라!"

"다행이네요. 감사합니다, 그럼 다음에 또 올게요."

"그래요. 아, 해인 사장님. 바닷가 앞 쌀 공장 자리에 마음 식물원 생긴 거 알아요? 이 동네에선 처음 보는 여자가 열었어! 간판에 '마음' 자 들어가니 친근하더라고요."

"아, 그랬군요. 몰랐어요. 메리골드 간판에 '마음'이 들어가는 게 이상한 일은 아니지요. 오히려 달콤 헤어가 더 눈에 띄잖아요, 사장님."

해인의 말에 달콤 헤어 사장도 깔깔 웃는다.

"맞아, 마음 세탁소랑 마음 사진관 생기고 그쪽 언덕 올라가는 길엔 간판에 죄다 '마음'이 들어가잖아요. 마음 카페, 마음 책방, 마음 약국… 마음 슈퍼! 이러다 마음 서커스까지 생기겠다고 우리끼리 웃었잖아. 사실 나도 마음 헤어로 바꿀까 생각도 했다니까?"

"지금 이름도 좋은걸요. 물 잘 마셨습니다. 그럼 가볼 게요."

해인은 손때 묻은 책을 소중히 품에 안고 일어서더니 달콤 헤어 사장에게 묻는다.

"저… 사장님. 혹시 마음 식물원이 밤중에 갑자기 생기거나 그런 건 아니죠? 얼마 전 제가 바닷가 쪽을 달릴 땐 못 봤거든요."

"아니, 갑자기 생기진 않고 우리 윗집 아저씨가 거기 일 다녀왔다던데? 공사가 빨리 끝났다나 봐."

"혹시 마음 식물원 사장님 머리가 검고 길고, 피부가 창백한가요? 눈빛은 슬퍼 보이고… 검은색 바탕에 꽃무늬 치마를 입었다거나… 꽃향기를 풍기거나 하진 않았나요?"

"아니, 얼굴이 까맣고 주근깨도 많아. 명랑하고 즐거워 보이던데? 머리는 길었는데 내가 쇼트커트로 잘라줬지. 무슨 사연이 있는지 짧게 잘라 달라는데, 여자들은 꼬치꼬치 캐묻고 그런 거 싫어해서 안 물었어."

"그렇군요. 알겠어요, 사장님."

풀 죽은 표정으로 해인이 나간다. 해인의 나가고 달콤 헤어 사장이 빗자루질을 시작한다.

"우리 마음 세탁소 지은 사장님이 왜 안 보고 싶겠어, 나도 이렇게 보고 싶은데. 어느 날 긴 치마 휘날리며 '딱 1센티미터만 잘라주세요' 하고 새침하게 주문할 것 같은데 말이야. 그나저나 소나기가 오려고 그러나, 그새 먹구름이 끼었어."

달콤 헤어 사장은 다시 달리기를 시작하려는 해인에게 소리친다.

"해인 사장님! 우산 가져가요, 곧 비가 오려나 본데?"

해인은 달콤 헤어 사장을 향해 손을 흔들며 대답한다.

"괜찮아요. 어차피 소나기라 금방 지나갈 거예요."

해인은 바닷가 끝을 천천히 살핀다. 해변가에 식물원이라니. 염분 가득한 바닷바람에 식물이 제대로 자라기는 하는 건가.

메리골드에 '마음'이 쓰인 간판이 새로 달리면 해인은 가슴이 철렁했다. 혹시나 하는 마음에 달리기를 하며 동네를 살펴왔다. 지은이 떠나도 지은이 떠나지 않은 느낌. 정말 좋은 사랑은 잊히지도 사라지지도 않고 가슴 속에, 기억 속에 생생히 살아 숨 쉰다 했던가. 그렇다면 나는 이번 생에 정말 좋은 사랑을 만나는 행운을 누렸구나.

지은이 떠난 후에도 해인은 아름다웠던 사랑의 기억으로 일부러 더 자주 웃고, 밥도 잘 먹고, 숨도 잘 쉬며 사람들과 잘 어울려 지낸다. 사랑하는 사람이 그랬다. 세상에서 가장 중요한 일은 숨 쉬는 일이라고. 사랑하는 사람의 삶의 태도를 따라 살며 해인은 살아 있다는 사실 그 자체로 충분히 만족스럽다. 비어 있던 마음이 채워지는 기쁨은 다시 태어난 듯 새로운 삶을 살게 했다.

"어제는 옥상에서 빨간 꽃잎을 발견하고 너무 놀랐어요. 지은 씨가 돌아온 줄 알았거든요. 내게 오는 길이 너무 멀고 험하지 않길 바라요. 보고 싶어요, 지은 씨."

아무래도 마음 식물원으로 가봐야겠다, 해인이 다시 달리려던 참에 주머니에서 진동이 울린다.

"여보세요, 사장님 어디세요?"

"범준아, 지금 달콤 헤어 앞이야. 무슨 일 있니?"

"손님 오셨어요! 그냥 사진 말고 마음 사진 찍고 싶다는데, 사장님께서 오셔야 할 거 같아요."

"알겠어, 일단 차 한 잔 내드리고 있어. 금방 갈게."

해인은 범준의 전화를 받고 사진관을 향해 몸을 돌린다. 분명 지은이 돌아온 것 같은데… 해인을 따라다니던 하얀 고양이 레이지도 보이지 않고 가방에서 한두 개씩 나오던 꽃잎도 더 이상 보이지 않는다….

"내일은 꼭 마음 식물원에 가봐야겠어."

사진관을 향해 달리는 해인의 심장박동수가 평소보다 높다. 뜀박질 때문에 뛰는 건지, 기대감으로 뛰는 건지. 해인은 심장에 손을 얹고 뛴다. 날은 더워 땀이 흘러내리는데 마음은 봄꽃이라도 피는 듯 간지럽다.

기분 좋은 예감은 틀리지 않던데.

"안녕하세요, 윤지 씨. 사장님은 어디 가셨어요?"

"사장님 바다에 서핑하러 가셨어요. 뭐라더라… 파도가 거세게 칠 때는 피하지 말고 파도를 타야 한다나. 헤쳐 나와야 할 파도가 있으신가 봐요. 사장님답죠?"

"그러게요, 오후엔 제가 있을 테니 윤지 씨 편히 들어가요."

"네, 저는 1시간 뒤에 퇴근할게요!"

퇴근 후 마음 화분에 물을 주러 온 상수를 시든 잎을 자르던 윤지가 반긴다. 평생 몸에 밴 성실한 습관대로 일정한 날에, 일정한 시간으로 물을 주러 식물원에 들리는 상수가 오는 날이면 지은은 바다로 나간다.

"윤지 씨, 식물에 열매가 맺혔는데 이 동그란 건 뭔가요?"

"어머, 어머, 올리브예요. 기사님 마음 식물이 올리브나무였구나. 이거 따서 스파게티에 넣어 먹으면 맛있어요!"

"올리브요…? 그 요리할 때 쓰는 올리브오일의 올리브 말입니까?"

"맞아요, 올리브나무의 꽃말이 평화와 풍요인데, 기사님에게 풍요로운 평화가 오려나 봐요! 이 나무가 더 자라서 옮겨 심으면 저도 올리브를 따 먹어도 될까요?"

"물론이죠. 올리브나무는 쉰 넘어 처음 봐요. 제 마음이 이리 동그랗고 예쁜 열매라니 봐도 봐도 신기하네요."

이래서 사장님이 이야기해 주지 않고 기다리라 했나. 마음 식물을 돌보고, 기다리며 천천히 편안해진다. 이렇게 사는 인생도 나름 살 만하다 느낀다. 결혼해서 가정을 이루는 사람도 있고, 자신처럼 혼자 살아감이 편안한 사람도 있는 거라며 현실을 인정하게 됐다.

"그때 그 선택을 하지 않았다면 아마 다른 선택에 대한 후회를 하겠지. 누구도 어떤 선택이 옳았는지 확신할 순 없어. 그때는 맞고 지금은 틀리고, 혹은 그때는 틀리고 지금은 맞고. 다 그럴 수 있지."

며칠 전에 식물의 잎을 닦으며 지은은 화분에게 하는 말인지, 자신에게 하는 말인지 모를 말을 했다. 상수가 알지 못하는 지은의 삶에도 그늘이 있고 후회가 있겠지. 후회할 때마다 시간이 거꾸로 간다던 지은의 말이 생각난다. 어쩌면 사장님은 많은 후회로 시간을 거꾸로 돌리고 계신 걸까.

"왔어요? 나무에 열매 맺힌 거 봤죠? 올리브 너무 귀엽더라!"

서평복을 입고 물을 뚝뚝 흘리며 들어오는 지은이 어제보다 더 젊어진 것 같아 눈을 비빈다. 저리 환히 웃고 있는데도 울고 있는 것 같다니 참….

"그리고 보니 이 식물원에 핀 꽃과 나무들 중 사장님의 마음 식물도 있겠어."

지은이 방으로 들어가자 상수는 세상에서 가장 아름다운 꽃과 나무가 가득한 식물원 전경을 둘러보며 정성스레 식물의 잎을 닦는다. 부러 수고스럽게 돌보는 마음은 희생이 아닌 우러나온 사랑과 기쁨이기도 함을 어렴풋이 알 것도 같다.

옷을 꺼내던 상수가 특별한 날 입으려 사둔 하얀색 반팔 셔츠를 꺼낸다. 버스회사에 입사하고 첫 월급을 받아 좋은 날 입으려고 사둔 셔츠다. 상수는 하얀 셔츠를 입으며 지은과의 지난 대화를 떠올렸다.

"사장님, 오늘따라 근사하시네요."

"제가 좋아하는 블랙 미니 드레스인데 멋지죠? 기분이

좀 가라앉아서 꺼내 입어봤어요."

"기분이 좋지 않으면 옷을 대충 입지 않나요?"

"저는 기분이 좋지 않으면 일부러 좋아하는 옷을 꺼내 입어요."

"그래요?"

"아끼던 블라우스가 있었어요. 좋은 날 입으려 아껴뒀더니 그 옷을 입을 만큼 좋은 날은 자주 오지 않더라고요. 너무 아까워서 일부러 꺼내 입었는데 하필 그날 잉크가 옷에 튀었지 뭐예요. 이제 어차피 흙이 묻어도 상관없겠다 싶어 매일같이 입었죠. 그랬더니 매일 기분이 좋았어요."

"맞아요. 저도 아껴둔 양복이 작아져 못 입은 적 있어요."

"그렇죠? 오늘을 좋은 날로 만드는 건 옷을 골라 입는 것과 비슷한 거 같아요. 어떤 옷을 입을지 고민하며 어떤 감정을 입을지도 고민하죠. 예쁜 날일지 칙칙한 날일지는 내가 결정하는 거잖아요."

"역시 사장님은 생각하는 것도 남달라요."

상수는 지금껏 첫 번째 단추를 잘못 끼우면 끝까지 어긋난 인생을 살게 될 거라 생각했다. 그런데 이제는 첫 단추를 잘못 끼우더라도 다시 단추를 풀면 된다는 생각이 든다. 어긋난 단추도 멋져 보이지 않는가.

상수는 옷을 입고 누나와 아침을 먹은 뒤 출근해 근무를 시작했다. 사이드미러에 비치는 자신의 모습이 근사해 보여 기분이 좋다. 근무가 끝나갈 무렵이 되니 오후의 해가 뉘엿뉘엿 지고 있다. 그런데 하루의 끝을 향해 달려가는 지친 승객들은 휴대폰을 바라보며 미간을 찌푸리고 있다. 마침 저녁놀은 보랏빛과 핑크빛으로 하늘을 아름답게 물들이고 있다. 상수는 버스의 안내방송 마이크를 켠다.

"안녕하세요, 운전기사 신상수입니다. 오늘도 수고하셨습니다. 여러분이 타고 계신 버스는 지친 하루를 쉬게 해줄 집, 혹은 다음 일정을 위한 장소로 모셔다 드리고 있습니다. 지금 하늘이 아주 아름답습니다. 잠시만 고개를 들어 하늘을 보고 쉬어가시면 좋겠습니다. 버스의 창이 큰 이유는 풍경을 보며 쉬어가라는 뜻 아닐까요. 정류장에 도착해 내리실 때엔 지친 마음을 버스에 두고 내리시길 바랍니다. 오늘은 제가 이 버스를 운행하는 마지막 날입니다. 승객 여러분 고맙습니다."

안내 방송을 들으며 승객들이 고개를 돌려 하늘을 바라본다. 짜증으로 가득 차 있던 승객이 옆 승객을 바라보며 가벼운 눈인사를 건넨다. 버스를 탈 때의 무거움은 내려두고 가뿐한 마음으로 목적지를 향해 걸어가는 승객들을 바라보는 상수의 마음도 한결 가볍다. 아름다운 말 한

마디를 건네는 일은 아름다운 마음의 씨앗을 나누어 주는 것과 같다.

"사장님, 마음 식물 값의 후불은 이런 건가 봅니다."

마이크를 끄고 핸들을 돌리는 상수의 마음도 가볍다. 운행을 마치고 마지막 일지를 쓰고 나오니 박 기사가 커피 자판기 앞에 서 있다. 상수가 커피 두 잔을 뽑아 박 기사에게 한 잔 건넨다.

"마지막 날이 되어서야 커피를 드십니까? 대단하셔요. 그나저나 이제야 형님이랑 대화 좀 해보나 했더니… 어디로 가세요?"

"일전엔 고마웠어 박 기사. 몇 년 후면 나도 60이거든. 언제까지 할 수 있을지 모르겠지만 한 살이라도 젊을 때 운전 일을 더 하고 싶어서 옮기기로 결정했어."

"어떤 운전을 하시려고요? 혹시 개인택시로 가세요?"

"사실 나한테 알츠하이머를 앓고 있는 누나가 있는데, 누나가 다니는 요양보호원에서 운전사를 구한다고 하더라고. 거기 가서 오며 가며 시간을 보내고 싶어. 우리 누나가 내가 운전하는 버스 타는 걸 좋아하거든."

"그러셨구만. 잘 하셨어요, 형님. 근데 좀 서운하네요. 우리는 이제 못 보는 거요?"

박 기사의 장난 섞인 핀잔에 상수는 남은 커피를 마저 마시고 한 잔을 더 뽑는다.

"형님이 커피를 두 잔이나 드시다니! 근데 신수가 훤한 것이 뭔가 좀 분위기가 달라졌는데요? 좋은 일 있어요? 혼자 좋지 말고 같이 좋읍시다. 좋은 일 있음 국밥 한번 사요!"

"커피 맛이 이리 좋은 줄 몰랐어. 그래, 국밥 살게. 날 잡아보자고."

"기다릴게요! 근데 형님은 주말에 뭐 해요? 취미 없어요? 저는 등산하고 자전거 타다가 나이 드니 힘도 들고, 이참에 낚시나 해볼까 하는데."

"나는 별거 없어. 내가 어디 갈 데가 있나. 낚시라… 나도 같이 한번 가도 될까?"

상수의 말에 박 기사가 놀라 마시던 커피를 뿜는다. 밥을 사라는 말도 농이었는데 진짜 산다고 하고, 사람이 달라져도 너무 달라졌다.

"이 형님 신수도 훤해지고 말도 많아진 게 아무래도 정말 좋은 일이 있나 보네!"

상수는 슬며시 웃으며 주머니에서 티슈를 꺼내 박 기사에게 건넨다.

"자네, 올리브나무 본 적 있나?"

"올리브나무요? 외국 요리 할 때 쓰는 거 아니에요?"

"다음 주에 국밥 먹고 올리브나무 보러 가세. 커피 맛있네. 가끔 마시러 와야겠어."

커피 자판기 앞에 선 두 남자의 등 뒤로 붉은 노을이 타오른다. 아름다운 저녁이다.

오늘 점심 메뉴는 닭도리탕 정식이다. 오전 11시 30분부터 오후 2시까지 판매하는 점심 한정 닭도리탕 정식에는 매콤한 닭고기 살에 양념이 잘 밴 보들보들 당면과 쫄깃한 떡 사리, 부드럽게 으깨지는 강원도 감자 반 개가 들어 있다. 반찬으로는 부침개 몇 조각과 하얗게 무친 콩나물, 김치, 멸치가 나온다.
 닭도리탕 정식은 우연이 가장 좋아하는 메뉴이다. 늘 붐비는 이 식당에서 혼자 밥을 먹으려면 직장인들이 서둘러 먹고 빠진 오후 12시 40분 정도가 제격이다.
 아는 맛이 가장 무섭다고 했던가. 거의 매일 먹는 아는 맛이 벌써 혀에 감돌며 허기진다. 우연은 맵고 빨간 음식이 좋다. 빨간색 음식 없이 어찌 빨간 맛 회사 생활을 견

딜 수 있을까. 매움에 혀가 마비되면 스트레스에 찌든 감정도 잠시 마비되는 기분이다. 정말이지 캡사이신은 신이 내린 선물 같다.

"맛있게 드세요."

"네… 감사합니다."

드디어 메뉴가 나오고, 보글보글 끓어오르는 탕을 본다. 뚝배기의 빨간 국물을 보고 있자니 잠시나마 자신의 생도 끓어오르는 기분이 든다.

'내가 이렇게 뜨겁게 끓어오른 적이 있었나….'

"김은 셀프예요, 손님."

가뜩이나 마른 몸을 구부정하게 웅크리고 뚝배기만 보고 있으니, 지나가던 종업원이 김을 가리킨다. 우연은 고개를 끄덕, 하고는 마른 김을 접시에 몇 장 담을까 고민하다가 혹시라도 남을까 싶어 다섯 장만 담아 온다.

다시 자리에 앉아 식사를 하려는데 하얀색 블라우스에 빨간 양념 튄 자국이 보인다. 닭도리탕은 아직 먹지 않았는데… 아…. 서빙 직원이 뚝배기를 식탁에 툭 하고 내려놓을 때 국물이 튄 모양이다.

식탁 위에도 빨간 국물이 튀어 있어 휴지를 꺼내 닦고 눈치를 본다. 말해야 하는데…. 손님이 많아 힘든 건지 서빙 직원의 표정은 잔뜩 성이 나 있고 땀이 뚝뚝 흐른다. 사장님은 영수증을 바쁘게 체크하고 주방에선 밀려드는 주문에 쉬지 않고 요리를 한다.

'그래 별거 아니야. 일단 먹자.'

우연은 벽에 걸린 앞치마를 들고 와 목에 건 뒤 밥을 먹기 시작한다. 어렵게 찾은 단골 식당인데, 불편해지면 다음에 오기 미안하니까….

이 식당은 번잡한 빌딩숲에서 드물게 제대로 음식 맛을 내는 곳이다. 근처 백반집들은 김치찌개, 된장찌개, 오뎅탕, 육개장 할 것 없이 모두 비슷한 맛을 낸다. 입사 초기에 여러 메뉴를 시켜 먹으며 똑같은 맛을 내는 식당들에 질릴 때쯤 이 식당을 찾았다.

괜찮아… 그냥 먹자. 정신없이 오늘의 첫 끼를 흡입하고 일어서려는데 하얀 블라우스의 빨간 도트 무늬가 눈에 거슬린다. 사서 오늘 처음 입은 건데… 우연은 물티슈로 얼룩을 닦아본다.

"다 드셨죠? 그릇 치워드릴게요."

테이블 회전율을 위해 손님의 여유를 허락하지 않는 충실한 직원이 그릇을 치우며 행주질을 하자 우연이 우물쭈물 입을 뗀다.

"저…."

"예, 손님. 계산은 저쪽에서 하시면 돼요. 고맙습니다."

"…아. …네."

그래, 좋은 게 좋은 거지. 블라우스는 빨면 되니까. 우연은 카운터에 카드를 내민다. 띠리릭, 하고 점심값이 결제된다.

"맛있게 드셨어요? 좋은 하루 되세요, 손님."

친절한 사장님의 인사에 우연은 고개를 꾸벅 숙인다. 계산을 마치고 나오니 덥고 습한 공기가 훅, 하고 폐부를 찌른다. 검은색 가죽 가방에서 양산을 꺼내 펼쳐 들고 높은 유리벽 건물 앞에 선다. 우연이 일하는 대형 영어 교육 전문 기업이다.

우연은 이곳에서 온라인 강의를 여러 지역의 아이들에게 판매하는 텔레마케팅을 하고 있다. 스물여섯에 입사해 서른아홉까지 결근 없이 근무 중이다. 2년제 전문대학을 졸업하고 햄버거 가게에서 아르바이트를 하던 중, 사원증을 걸고 일하는 사람들이 내심 부러워 전공과 무관하게 여러 회사에 지원을 했다가 유일하게 합격한 회사가 바로 이곳이다.

회사에 들어서다 말고 건물을 물끄러미 바라보며 오래전 일을 생각한다. 낡은 상가 2층에서 시작한 회사는 사무실 확장으로 세 번의 이사를 거쳐 이제 도심 한가운데 빌딩을 3층부터 7층까지 사용한다. 유리로 반짝거리는 화려한 건물의 월세와 늘어난 직원들의 급여를 위해 사장과 상무, 전무는 더 많은 상품 개발과 판매를 독촉한다.

처음 인턴으로 입사했을 때가 벌써 10년도 더 전이다.

우연은 고객에게 홍보할 내용을 종이에 받아 적고 앵무새처럼 열심히 따라 하다가 지독한 인후염으로 고생을 하기도 했다. 힘든 점이 있어도 웬만해선 표현하지 않는 성격이라, 힘들어 하면서도 지금까지 회사를 다녔고 팀장이 되었다.

세 명의 팀원으로 구성된 영업3팀의 실적은 좋지도 나쁘지도 않다. 중간, 그 정도면 딱 좋다. 평소 말을 많이 하지 않고 들어주는 성격이지만 회사에서 업무를 원활히 수행하려면 말을 많이 해야 한다. 다만 할 말이 뻔히 정해져 있어 오랫동안 회사 생활을 버틸 수 있었는지도 모른다.

시계를 보니 점심시간이 10분 남짓 남아 있다. 양산을 접어 가방에 넣고 건물 유리로 옷매무새를 점검한다. 하얀 블라우스에 검은색 정장 바지, 검은색 단화를 갖춰 입고 어깨까지 오는 머리는 단정히 뒤로 묶은 이가 비춘다. 로비로 들어서자 달콤하게 빵 굽는 냄새가 코를 간질인다. 오른쪽으로 고개를 돌려보니 1층 로비의 카페 문이 빵 나오는 시간에 맞춰 활짝 열려 있다. 카페 안으로 본능적으로 걸음을 옮긴 우연은 쇼케이스 안 딸기 타르트에 시선이 멈춘다.

'예쁘다…. 얼마지? 만 원이네. 이 값이면 하루 점심값인데. 비싸다.'

우연은 자신을 위해 작은 사치도 하지 않는 편이다. 내일 점심은 삼각 김밥으로 해결해야겠다고 결심하고 돌아서려는데, 뒤에서 또각거리는 구두 소리가 들린다.

"우연 팀장, 점심 먹었어?"

"어, 신 팀장. 점심 먹었어?"

"아니, 나는 일복이 왜 이리 많니? 우리 팀으로 배정된 콜, 계약 성사율이 높아서 결재하느라 점심시간 끝나는 줄도 몰랐잖아. 샌드위치나 하나 사서 올라가야지."

"수고가 많네."

"그렇지, 내가 다른 팀 실적 부족한 거 메꿔서 이달 매출 목표 맞추느라 목이 터져요. 이러고 퇴근하면 애들 숙제 봐주고 집안일 하고 정신이 없어. 나 같은 사람은 슈퍼맘 상이라도 줘야 하는데 말이야. 그치?"

"어… 그렇지."

"그나저나 점심시간엔 샌드위치가 최고야. 찌개에 밥 먹으면 맛은 있는데 시간도 오래 걸리고 번거롭잖아. 안 그래?"

"어… 뭐 그렇지. 샌드위치가 깔끔하긴 하지."

고음에 속사포로 쏟아내는 신 팀장의 말에 우연이 고개를 끄덕인다.

입사 동기인 신 팀장은 회사에서 매출 1위 팀을 이끌며 인센티브를 많이 받아간다고 들었다. 연봉 상승률도 가장 높은 그룹에 속하고, 업무 평가도 최고점인 S등급을 사수

한다. 자신감 넘치는 신 팀장의 말에 고개를 끄덕이며 우연은 말을 끊기 미안해 메뉴가 나올 때까지 같이 기다리기로 한다.

"샌드위치 포장 나왔습니다. 맛있게 드세요."

"네, 감사합니다. 빨리빨리 좀 주지. 할 일도 많은데 왜 이리 느려. 얼른 가자, 우연 팀장."

"그래."

포장된 샌드위치를 받아 들고 엘리베이터를 향해 앞서 걷는 신 팀장의 걸음에 맞추어 구두 소리가 난다. 또각또각… 또각또각…. 신 팀장의 구두 소리에 숨이 가빠오고 어지럽다.

"우연 팀장, 안 타?"

"어…. 먼저 가…."

간신히 말을 뱉은 뒤 비상구 계단을 찾아 들어가 벽에 기댄다. 또각거리는 신 팀장의 구두 굽 소리가 귀에서 맴돈다. 또각또각… 따르릉따르릉… 규칙적인 소리가 마치 전화벨 소리 같다. 따르릉… 따르릉… 부재중입니다… 찾지 말아 주세요… 제 인생도 부재중입니다.

우연히 시작된 우연의 직장 생활은 좋아하는 일은 아니

더라도 참을 만했다. 생활에 필요한 것들을 살 수 있고, 가끔 부모님에게 용돈을 드리고, 세일하는 옷을 살 수 있는 삶보다 더 나은 삶이 있을 거라고 기대하지도 않았다. 그런데….

"따르릉… 따르릉… 따르릉."

지난겨울 즈음부터 회사에서 전화벨만 울리면 우연의 심장이 빠르게 뛰고 속이 울렁거리면서 숨이 가빠졌다. 신경질적으로 울리는 전화 코드를 몰래 뽑은 적도 있다. 그 뒤로 핸드폰에서 울리는 전화벨 소리도 두려워지기 시작했다. 전화가 울리면 한참을 바라보다가 끊기고 나서야 메시지로 "무슨 일이야? 전화 받기 어려운 상황이라 문자 보내줘"라고 답을 했다.

그 시기에 반년 정도 만나던 애인과도 헤어졌다. 우연이 전화도 받지 않고 문자에도 답하지 않으니 남자 친구가 인연을 정리하고 싶다고 메시지로 이별을 통보했다. 메시지를 받고도 우연은 해명하지 않았다. 자신도 왜 이러는지 모르겠는데 어떻게 설명한단 말인가. 남자 친구는 거래처 사람이었는데 텔레마케팅 회사 팀장이 전화를 무서워 한다고 업계에 소문이 퍼질까 두렵기도 했다.

"따르릉… 따르릉… 따르릉."

"팀장님 바쁘세요? 이번 주 내내 제가 팀장님 전화 당겨 받았는데 무슨 일 있으세요?"

"아무 일도 없어… 결산이 좀 많아서… 고마워."

"팀장님, 요즘 콜 안 받아주셔서 저희 너무 힘들어요. 신경 좀 써주세요."

우연이 모니터를 보는 척하며 받지 않은 전화를 대신 받은 팀원이 입술을 삐죽이며 말한다.

"따르릉… 따르릉… 따르릉."

전화가 울리자 파티션을 뚫기라도 할 듯 팀원들의 시선이 느껴지지만 우연은 결재 파일을 들고 일어선다. 돌아보지 않아도 뒤통수에 따갑게 꽂히는 시선을 뒤로하고 구토를 참으며 휴게실에 들어선다. 물을 벌컥벌컥 들이켜고 나서야 숨이 쉬어진다. 창백한 우연을 향해 신 팀장이 다가온다.

"아까부터 왜 그래, 무슨 일 있어 우연 팀장?"

신 팀장이 우연에게 말한다. 신 팀장은 우연에게 어떻게든 이유를 알아낼 테니 우연이 무겁게 입을 연다.

"못 받겠어… 전화가… 무서워…."

"뭐? 갑자기 전화가 무섭다고?"

"…어."

"어머, 나도 하루에 수십 통 통화하다 보면 울렁거려서 휴가 때 템플스테이 간 적 있어. 슬럼프인가? 좀 쉬어야 하는 거 아니야? 쉬는 동안 고객 리스트 우리 팀에 넘겨주면 내가 잘 관리해 줄게."

업무 평가도 좋으면서 추가 보너스와 한 해에 두 번 보내주는 포상휴가까지 야무지게 챙기는 신 팀장이 걱정하는 척 우연의 어깨를 두드리며 실속 챙기기를 잊지 않는다. 그러고는 휴게실 문을 나서려던 차에 갑자기 오른쪽 손가락을 관자놀이에 대고 유레카를 외친다.

"그래, 요즘 콜 포비아라고 하지? 자기처럼 힘들어하는 사람들 많잖아. 전화 말고 문자나 메일로 소통해 비대면으로 가입할 수 있는 상품을 출시해도 좋겠다! 그럼 성인 영어 판매율도 늘겠네! 제안서 작성해야지!"

신 팀장의 뒷모습을 바라보며 우연은 낮은 한숨을 쉰다. 그래, 이 일은 저런 사람이 하는 거겠지. 우연은 들고 나온 다이어리에서 종이를 꺼내 힘을 주어 천천히 글자를 적는다.

사 직 서

제목과 인적 사항을 기록한 뒤 퇴사 사유를 무어라 적을까 고민한다. 13년간 텔레마케팅 일을 해온 사람이 전화가 무서워 퇴직한다고 쓴다면 우스운 건가. 우연이 천천히 퇴사 사유란에 한 줄의 문장을 적는다.

퇴사 사유 : 회사 근처 식당 밥이 맛이 없어요.

적어 놓고 실소를 머금는다. 납득되지 않는 퇴사 사유 아닌가. 종이를 반으로 접고 찢어 휴지통에 던져 넣으며 지금의 나 같다고 생각한다.

손목시계를 본다. 아직 4시 반. 퇴근까지 1시간 반이나 남았네. 회사에 있으면 시간은 느리게만 간다. 폰을 꺼내 온라인 쇼핑몰 장바구니에 담은 상품들을 결제한다. 사두면 언젠가 필요하겠지. 이건 사치품 아니고 생필품이니까 괜찮아. 우연이 결제한 물품들은 새벽 배송으로 늦어도 내일 아침이면 문 앞에 배달될 것이다.

"뜻대로 되는 일은 택배밖에 없네."

다섯 건의 결제를 마치고 일어선다. 열린 창문 밖에선 매미들이 목청껏 울어댄다. 쟤네들은 목청도 좋아. 저 목소리로 여기 들어와 나 대신 일해주면 좋으련만.

우연은 결재 파일을 가슴에 안고 빌딩 숲 사이에 우거진 초록 나무들 틈에 붙어 있는 매미의 울음소리를 듣는다. 여름 하늘은 왜 이리 쨍하니 파란 것인가. 내 마음은 회색빛인데.

누구를 향한 원망인지 모를 마음으로 사무실을 향해 걸어 들어간다. 숨이… 막힌다.

※

"욱… 속 아퍼… 회사 가기 싫다. 도망가고 싶어. 일 안 하고 먹고 살 수는 없는 걸까."

주말 이틀 동안 누워 있던 자세 그대로 눈을 떴다. 월요

일 아침이다.

　회사 생각을 하자 속이 울렁거린다. 우유에 시리얼을 말아 삼키려는데 구토가 올라온다. 화장실로 뛰어가 게워 내고 세수한 다음 거울을 본다. 눈 밑이 움푹 꺼지고 기미가 잔뜩 낀 얼굴이 낯설게 느껴진다.

　놀란 마음에 얼른 고개를 돌리고 칫솔을 입에 문다. 천천히 이를 닦다가 이내 칫솔질이 거칠어진다. 이가 아프다. 수도꼭지를 틀고 잠시 서 있으려니 눈물도 틀어진다. 뚝뚝 떨어지는 눈물을 수돗물에 흘려보내고 얼굴을 닦고 나와 늘 하던 대로 로션을 바르고 선크림을 바른다.

　금요일에 들어와 벗어둔 옷을 들어 더러워진 곳은 없는지 대충 살핀 다음 그대로 입는다. 출근 준비를 마치니 휴대폰에서 메시지 알림음이 들린다.

　― 고객님의 대출 이자 납입일은 15일입니다. (연이자 3.48% 적용)

　무표정하게 문자메시지를 닫고 현관 앞에 선다. 나가고 싶지 않지만 나가야 한다. 대출 이자와 관리비 그리고 자신을 먹여 살리기 위한 비용들이 필요하다.

　결심한 듯 문을 열자, 문 앞을 택배 상자들이 가로막고 있다. 요즘 택배들은 작은 쿠션 하나를 사도 큰 박스에 담아 보낸단 말이야, 낭비야. 우연은 택배 박스를 문 안으로 밀어 넣는다.

3층 빌라의 투룸 전세로 이사 올 때까지만 해도 이 정도면 잘 흘러가는 삶이라고 생각했다. 딱히 큰 사건이 있는 것도 아니고, 몸을 뉘일 수 있는 집도 있고, 직장도 있고, 밥도 먹고 살고 있으니 문제가 없었다. 그래, 가기 싫어도 나가는 거야. 좋아서 회사 다니는 사람이 몇이나 있겠어, 우연은 스스로를 설득하며 정류장을 향해 걷는다.

'아무 문제 없는데… 정말 아무 문제 없어 보이는데 말야… 왜 이렇게 사는 게 힘들지.'

버스를 기다리며 신고 있는 검은색 낮은 구두를 내려다보는 우연의 등은 동그랗게 구부러진다.

'매운 거 먹고 싶다.'

고개를 든 우연은 편의점을 바라보며 고민한다. 라면이나 떡볶이를 사 먹고 갈까. 오늘 점심도 닭도리탕 정식 먹으러 가야겠다. 매운 게 몸에 들어가면 속은 따갑지만 피가 돌며 땀이 난다. 그럴 때면 살아 있는 느낌이 난다. 매운 감각에만 신경 쓰다 보면 잠시나마 고민도 잊을 수 있다.

매운 걸 먹고 탈이 나서 일을 못하면 어쩌나 고민하는 사이, 타야 할 버스가 온다. 줄 서 있던 사람들은 우르르 버스에 몸을 싣는다. 우연이 올라타려면 앞에 있는 사람을 밀고 버스 계단에 서야 겨우 문이 닫힐 것 같다. 우연은 다음 버스를 타기로 한다. 타야 할 버스를 제때 타는 것도

운 좋은 사람들이나 가능한 일 아닌가.

'시민 1, 시민 2, 시민 3… 나는 몇 번째 시민일까.'

학생 때 읽은 극본이 떠올라 이 상황을 대입해 본다. 이 버스 정류장의 시민 20쯤이 자기 자신인 것 같다. 그럼 나 하나 사라져도 티가 나지 않겠지. 시민 21은 금방 시민 20이 될 테니. 우연은 고개를 숙이고 다음 버스를 기다린다.

'지겨워….'

언제까지 매일 출근하고 대출 이자를 갚는 생활을 계속해야 하는 걸까. 아니… 언제까지 이 일을 할 수 있을까.

하고 싶은 일도, 할 줄 아는 일도 없이 10년 넘도록 한 업계에 있었지만 10년 후에도 이 일을 할 수 있을지 자신이 없다. 그렇다고 이제 와 무슨 일을 다시 시작한단 말인가.

생활에 여유가 있는 것도 아닌 주제에 배부른 투정을 하는 것 같지만, 다람쥐 쳇바퀴 돌듯 제자리걸음만 하는 생활도 지겹다.

주머니에서 진동이 짧게 울린다. 전화가 문제다. 생각을 깨는 건 언제나 전화다.

― 우연아, 아침 먹었어? 미안한데 이번 달에 30만 원만 빌려줄 수 있을까? 여름휴가 기간이라 그런가 매출이 적어서 가게 관리비 낼 돈이 부족하네. 아빠가 엄마 카페 하

는 거 안 좋아하잖아. 그나마 매출 괜찮다고 하니 허락한 거라 말을 못하겠네. 너 힘들면 엄마가 알아서 해볼게.

평생 주부로 살면서 모은 돈으로 작년부터 테이크아웃 전문 카페를 운영하는 엄마는 종종 아버지에게 비밀로 하고 우연에게 돈을 빌린다. 아버지는 엄마가 일을 나가면 밥은 누가 차려 주냐며 카페 창업을 반대했다. 타협이 어찌 되었는지는 모르지만 엄마는 어쨌든 카페를 열었다.

우연은 짧은 한숨을 쉬며 은행 어플을 열어 엄마에게 돈을 이체했다. 엄마는 좋겠다. 하고 싶은 일이 있고, 돈 보내주는 딸도 있어서. 엄마라도 살아 있는 생명체 같은 삶을 살고 있어 다행이라는 생각을 한다.

휴대폰의 진동이 울린다. 회사의 고객관리 프로그램에서 관리하는 학생의 연락이다. 1년 치 영어교육 프로그램을 구입하면 특별히 개별 관리로 진도를 체크해 준다고 판촉을 하기 때문에 우연은 학생들에게 '선생님'이라 불린다.

"쌤, 저 이번 달 진도 다 했어요. 여기는 학원이 별로 없는데 영어 시작한 뒤로 왠지 저도 큰 학원 다니는 기분 들어 좋아요. 저 이제 뭐 하면 돼요?"

한 달에 한 번 전화로 진도를 체크하고 일주일에 한 번 프로그램 내에서 과제 메시지를 보내는데, 유독 이 학생은 이 프로그램으로 공부하는 걸 좋아한다.

애가 몇 학년이었더라, 학생의 인적 사항을 검색해 읽다가 주소에서 멈칫한다. 사는 곳이 메리골드라고…? 메리골드면 꽃 이름인데. 꽃 속에 살고 있는 건가.

엄마가 예전에 꽃을 배운다고 사다 둔 수북한 책 더미에서 저 꽃 이름을 읽은 적이 있다. 그때도 꽃 속에 파묻혀 사는 엄마가 매일 똑같이 지루한 일상을 사는 자신보다 즐겁지 않을까 생각했었다. 그 사이 버스가 도착한다.

"가기 싫다…."

지하철로 환승해 플랫폼 앞에 서 있으면 역에 도착한 지하철이 입을 벌려 사람들을 쏟아낸다. 출퇴근 시간 지하철은 전쟁이다. 지하철이 토해내는 사람들이 점으로 보이기 시작하고, 고개를 들면 점들이 쏟아져 내린다.

힘들어도 출근하려면 지하철을 타야만 한다. 고개를 떨구고 발끝만 바라본다. 빨리 집에 가고 싶다. 가서 아무것도 안 하고 싶어. 위가 쓰리다.

내과에서 맵고 자극적인 음식을 그만 먹으라는 권고를 받았다. 역류성 식도염이라나. 그런데도 매운 것만 먹고 싶네? 매운 거 안 먹고 이 지겨운 회사 생활을 어찌 버티지? 저녁은 김치찌개나 매운 떡볶이를 먹을까?

"우연 팀장, 지금 몇 달째 팀원들이 콜 대신 받느라 힘들다고 하소연하고 있어. 이번에 신입도 안 받는다 그러고, 실적도 최저인 거 알지?"

"죄송합니다. 상무님…."

"계속 이럴 게 아니라, 이유를 알아야 해결책을 찾지. 우리가 몇 년 같이 일했니? 상사 계급장 떼고 친한 언니라고 생각하고 말해봐. 무슨 일이야?"

"그냥… 좀 피곤한 것 같아요…."

"사람 답답하게 하네. 내 친구가 하는 정신건강의학과 있는데, 명함 줄 테니까 거기 한번 다녀와. 마케팅 하는 사람이 통 웃지도 않고 칙칙하게 다닐 거야? 나도 커버해 주는 데 한계가 있어."

"…."

"어디서 좋은 조건으로 이직 제안 왔어? DB 빼가려고 작업하는 건 아니지?"

"그런 건 절대 아니에요, 상무님."

박 상무가 신경질적으로 안경을 벗어 책상 위에 던진다. 우연이 입사했을 때 대리였던 박 상무는 창립 멤버로 능력을 인정받아 부사장 승진을 앞두고 있다는 소문이 회사 내에 파다하다. 매출 1위는 못해도 중간은 찍어주던 우연의 팀이 이 중요한 시기에 실적 최하위로 내려가면서 심기가 편치 않다.

"사직서 썼다 찢었다 하는 거 모를 줄 아니? 회사는 월급을 주고 직원은 일을 하는 게 기본 아니야? 힘든 일 없는 사람이 어디 있어. 힘든 사정 몇 달씩 봐주면 그게 학교지, 직장이야? 기업은 이익을 목표로 하는 곳이야. 우연 씨, 개념 없게 일하지 않았잖아?"

"죄송합니다."

"김 비서한테 두통약 좀 가져다 달라고 해줘. 아니다, 서랍에 있다. 됐어, 나가봐."

"네…."

우연은 온몸에 수분이 빠져나간 사람처럼 버적버적 마른 입술을 깨물었다. 머릿속에 하얘지면서 손끝부터 냉기가 올라온다. 감정이 사라지면 체온도 사라지는 건가. 체온이 사라지면 회사를 그만 다녀도 되겠지. 나쁘지 않네.

징— 지이잉—

위층 남자는 오전 6시부터 5분 간격으로 4개의 알람을 진동으로 맞추어 두고 마지막 알람에서야 일어난다. 바닥에 이불을 깔고 자는지 핸드폰이 바닥에 딱 붙어서 일찍 깨는 날이면 우연도 같이 진동의 울림을 센다.

징— 지이잉—

마지막 네 번째 알람 진동이 두 번에서 멈춘걸 보니 일어난 모양이다. 우연의 알람이 울리려면 아직 40분이 남았다.

어제 박 상무와의 대화를 복기한다. 회사 관두면 뭐 해 먹고 살지? 전공 관련 일은 경력이 없으니 이제 와서 어려울 테고. 회사를 관두지 않으면 어떻게 살지? 계속 다니면서 잘 풀린다는 전제 하에 10년 뒤 꿈꿀 수 있는 최선의 미래는 박 상무인 건가.

"그건 싫은데…."

박 상무의 화난 표정이 떠오르자 한기가 돈다. 이불을 턱 끝까지 끌어올린다. 아니지, 박 상무 정도면 성공한 건데. 그런데 정말 하기 싫은 일을 꾸역꾸역 해내서 승진하는 것이 성공일까? 쓸데없는 생각 말고 일단 출근이나 하자. 내야 할 카드 값과 관리비, 대출 이자가 입을 벌리고 있지 않은가. 이불을 걷고 일어나 기지개를 켠다.

"허…."

어, 이상하다. 목에서 소리가 갈라져 나온다. 꿈이 이리 생생한가.

"…허… 쿨럭쿨럭… 컥…."

격렬하게 기침을 하며 몸을 완전히 일으켜 세운다. 목

소리가 제대로 나오지 않는다.

"엉망진창이네….?"

이보다 더 완벽하게 자신을 표현할 단어가 있을까.

"어디까지가 바닥인 거야."

샤워기에 물을 틀고 뚝뚝 떨어지는 물을 맞으며 어쩌면 아직도 바닥이 아닐지 모른다는 생각에 소름이 돋는다. 물의 온도를 더 뜨겁게 올린다.

　

두 번째 실업급여를 받기 위해 교육에 참석하는 날이다. 하필 전 직장 근처에 실업급여 수급 면담장이 있어 어쩔 수 없이 그 앞을 지나야 한다.

박 상무와 면담을 하고 얼마 지나지 않아 우연은 권고사직을 당했다. 오래 근무한 직원이라고 퇴직금에 위로금도 주고 8개월간 실업급여를 받을 수 있게 회사가 배려해 주었으니 감사히 여기라는 박 상무의 마지막 말이 귓가에 맴돈다. 막상 10년 넘게 일한 직장에서 나가라고 하니 마음이 착잡하다.

'나는 이 회사의 포스트잇이었네. 언제든 쉽게 떼고 붙일 수 있고… 쓰기도 쉽고 버리기도 쉬운….'

휴직이 아닌 권고사직은 사내 이슈가 되었다. 박 상무

가 우연보다 젊고 계약 조건이 좋은 경쟁사의 팀장을 스카우트하려고 작업한 거라는 소문이 우연의 귀에도 들려왔지만 아무래도 상관없다. 전화만 울리면 심장이 빨리 뛰며 숨이 가빠졌으니까.

일을 할 수 없다는 걸 우연도 알고 있었다. 인터넷 검색창에 '콜 포비아'를 쳐본다. 전화로 상품을 팔아야 하는 사람이 콜 포비아라니.

회사에는 차마 이유를 말할 수 없었다. '아버지 사업이 갑자기 망했다더라', '결혼을 앞두고 파혼했다더라', '전세 사기를 당했다더라', '주식과 코인으로 큰돈을 잃고 실어증에 걸렸다더라' 하는 소문에도 우연은 대응하지 않았다.

'어쩌면 이런 결론이 나길 기다렸는지 몰라.'

차라리 잘 됐다는 생각이 든 건 왜일까. 들어둔 직금과 퇴직금을 아껴 쓰면 1년은 버틸 수 있으니 당장 구직 활동을 하지 않아도 되지만, 단 하나의 아쉬움은 점심시간에 먹던 닭도리탕 정식이다. 혀를 마비시키는 알싸한 매운맛이 직장 생활의 유일한 구원이었는데.

그래서 실업급여 교육을 받으러 가는 날이면 우연은 정장을 입고 오후 1시 40분쯤 늦은 점심으로 식당에 간다. 테이블에 앉아 음식을 기다리는 동안 형식적으로 이력서를 넣은 곳에서 불합격 통보 문자를 보내왔다.

'다행이야. 서류 전형에 불합격해서….'

2년제 문예창작학과 수료에 텔레마케팅 회사 근무가 주요 경력인 우연이 관련 없는 직종에 원서를 넣고 있으니, 사실 불합격을 바라고 지원하는 것이나 다름없다.

"내년이면 마흔인데, 자꾸 다른 직종으로 이직하려고 하지 마시고 동일 직종에 넣으세요. 연봉이 부담스러울 수 있으니 직급을 낮춰 지원하시면 가능할 겁니다."

"네…."

"혹시 취업 안 하고 실업급여만 수급하려고 다른 직종 넣으시는 건 아니죠? 문예창작학과 출신이라고 해도 받던 연봉 그대로 출판사 에디터나 웹소설 피디에 지원하시면 뽑아줄 리가 없죠."

"네…."

"정말 하고 싶으시면 국가 지원으로 운영되는 출판 기획자 양성 과정을 신청해 보세요. 나이 제한이 39세니까 올해가 마지막이네요. 서류 드려요?"

"…네."

실업급여 수급 담당자에게 서류를 받아 나오는데 식은땀이 흘러 등 뒤가 서늘하다. 가방에 넣어둔 핸드폰이 짧은 진동을 울린다.

― 우리 딸, 스트레스 받지 말고 천천히 생각해. 이번 달 장사 잘 돼서 매출이 좋아! 통장으로 50만 원 보냈으니

까 대충 먹지 말고 엄마가 반찬 해준 거랑 고기 먹어, 알았지?

― 많이 보냈네. 고마워.

짧은 답장을 하고 핸드폰을 집어넣으려는데 메시지가 연달아 들어온다. 엄마다.

― 우연아. 엄마가 중학생 때 살았던 메리골드 마을 알지? 오랜만에 가고 싶어서 기차표를 예약했는데 하필 단체 예약이 들어왔지 뭐야. 기차표 아까운데 잠깐 다녀올래? 바다도 보고 와.

메시지와 함께 기차표가 전송된다. 날짜가 바로 내일이다. 엄마는 참, 같이 가자고 하면 안 간다 할 게 뻔하니 이런다니까…. 엄마답다. 우연은 답장 버튼을 누른다.

― 알았어.

― 잘 생각했어. 엄마 친구가 메리골드에 새로 생긴 데가 있다고 추천하더라. 주소 보내둘게, 여기도 가봐. 사랑해 딸!

문자를 읽고 휴대폰을 가방 깊숙한 곳에 넣는다. 마침 닭도리탕이 나왔다. 보글보글 끓는 닭도리탕이 다가온다.

"앗 뜨거…."

"죄송해요 손님! 죄송합니다! 제가 오늘 처음인데… 옷에 국물이 튀었어요, 제가 변상해 드릴게요!"

우연의 하얀 반팔 블라우스에 익숙한 빨간 반원이 번진

다. 오늘은 옷보다 살에 튄 부분이 많아 다행이라고 생각한다. 직원이 건넨 물수건으로 슥슥 블라우스를 문지른다.

"괜찮아요. 그럴 수도 있죠…."

"감사합니다…! 혹시라도 불편하시면 말씀해 주세요!"

허리를 꾸벅 숙이는 남자 직원의 달아오른 얼굴을 보며 우연은 미소를 지어 보이고 괜찮다는 손짓을 한다. 식당을 둘러보니 지난번의 그 직원은 보이지 않는다. 쉬는 날인가.

밥을 먹으며 우연도 직장에서 자신을 찾는 학생들이 있는지 궁금해진다. 유독 우연을 따르던 학생을 생각하다 엄마가 보내준 기차표를 꺼낸다.

"아… 그러고 보니 그 학생이 사는 도시도 메리골드였는데…."

닭도리탕을 건성으로 씹으며 기차표를 본다. 엄마가 살던 동네가 메리골드였구나. 그래서 그렇게 꽃을 좋아하고 꽃말을 외우고 다니는 건가.

"스읍… 매워."

오늘따라 많이 맵다. 주방장도 바뀌었나. 뚝배기의 반을 남기고 일어서는데 사장이 다가와 말을 건다.

"손님, 음식이 오늘 맛없으셨어요? 매번 깨끗하게 비우셨는데 오늘은 많이 남기셨네요."

"그냥, 배가 좀 불러서요."

"반이나 남겨서 어떡해, 단골손님 특별 서비스로 오늘은 계산 안 받을게요! 저희 직원이 실수했는데 너그럽게 이해해 주시고, 고맙습니다."

"아… 괜찮은데…."

"저희가 안 괜찮아요. 다음에 또 오세요! 그땐 더 맛있게 해드릴게요."

"네… 감사합니다…."

정말 괜찮은데. 소매의 빨간 얼룩은 주방세제에 베이킹소다 섞어 빨아 햇볕에 널어 말리면 깨끗하게 사라지는데.

우연은 꾸벅 인사를 하고 나와 한낮의 대로변을 걷는다. 아직도 여름이 한창이다. 8월 중순이면 더위가 한풀 꺾인다고 했는데.

그런데 이 거리를 오후 3시에 걸어 다니는 사람들은 표정이 왜 다르지? 우연이 출퇴근길에 늘 보았던 화나고 퉁명스러운 사람들은 어디로 가고, 천천히 걸으며 웃기도 하고 나란히 걸으며 이야기하는 이들의 분위기가 왠지 편안하다. 지하철역을 향해 걸어가며 사람들을 표정을 살피던 우연이 순간 놀란다.

"그러고 보니 사람들이 보이네? 예전엔 점으로 보여서 고개도 못 들고 걸었는데. 점들이 우르르 쏟아져 나한테 밀려오는 것 같았는데…."

아무 일도 일어나지 않기를 바라지만 무슨 일이라도 일어났으면 싶은 그런 여름날, 어쩌면 무슨 일이 시작되려는지도 모른다. 늘 고개를 숙이고 걷던 길에서 고개를 들고 걸을 수 있게 된 건 결코 우연이 아닐 테니까.

우연은 엄마가 보낸 기차표 시간을 다시 확인하고 미리 알람을 맞춘다.

"기차표 버리면 아까우니까. 어차피 할 일도 없고."

여름은 한창이고 매미가 세차게 울어대고 땀은 흐르지만 불쾌하지는 않다. 실직을 했고 미래에 대한 대책도 없이 내년이면 마흔이 된다. 20대 초반에 생각하던 마흔은 안정적으로 자리 잡힌 삶이었는데. 안정이 뭐람, 먹는 건가. 사는 일이 참 어렵다.

"여기 뭐가 있다고 보러 오라는 거야."

엄마는 여기서 어린 시절 살았다고 하지만 도시로 나와 더 오랜 시간을 살아왔기에 우연은 이 동네가 처음이다. 엄마가 준 주소로 택시를 타고 왔는데 카페처럼 보이는 건물 말고는 아무것도 없다. 일단 왔으니 카페에서 커피 한잔 마시고 가야겠다 생각하는데 눈앞에서 피부가 새카맣고 깡마른 여자가 바다로 텀벙 뛰어든다.

시원하게 헤엄치는 광경을 바라보던 우연은 여자의 환한 표정을 보며 무심결에 미소를 짓다 놀라 웃음을 거둔다. 박 상무의 목소리가 환청처럼 들린다.

"뭐가 좋다고 웃고 다녀? 매출 그렇게 하고 웃음이 나오니? 사람 속도 좋아."

"죄송합니다."

"죄송할 일을 왜 만들어? 죄송할 시간에 일을 해. 팀장이 아무한테나 웃어 보이면 가벼워 보이는 거 몰라? 직급에 맞게 행동해."

사회 초년생일 때의 우연은 언제나 웃는 사람이었다. 아니, 웃는 사람이어야만 했다.

목소리에도 표정이 있다는 걸 그때 배웠다. 보이지 않지만 전화선을 타고 들리는 목소리는 무표정일 때 퉁명스러웠고, 웃는 얼굴일 때 부드러웠다. 우연이 웃고 있으면 고객들이 우연의 설명에 더 귀를 기울였고 첫 번째 콜에서 상품을 결제하기도 했다.

그때부터 우연은 웃는 시간이 많아졌다. 그리고 집에 돌아오면 감정이 탈진되어 아무 소리도 들리지 않는 충전의 시간을 보내야만 다음 날을 이어갈 수 있었다. 침묵 총량의 법칙이라도 있는 것일까.

'오랜만에 무얼 팔지 않아도 되는데 웃었네.'

우연에게 웃음은 감정 노동이자 회사 생활이었다. 웃고

싶지 않아도 수화기만 들면 절로 웃음을 짓던 날들에 지친 줄도 모르고 있었다. 혼자 헤엄을 치며 즐거워하는 여자의 상쾌한 웃음이 푸른 바다처럼 시원하다.

'아침부터 좋은 일이 있나.'

고개를 갸웃거리며 동네를 둘러보니 기분 좋은 바람이 분다. 우연의 이마에 송골송골 맺힌 땀방울을 식혀주기라도 하듯 때를 잘 맞춘 바람이 분다. 어린 시절 엄마가 낮잠 자는 우연에게 해주던 부채질처럼 부드러운 바람이다. 이상하게 경계심이 풀어지고 마음이 놓인다. 숨을 크게 들이쉰다. 꽃바람이 폐부 깊숙이 스며든다. 바람에서도 꽃향기가 난다.

'사람들이 같은 섬유 유연제라도 쓰나. 이 도시는 향이 좋네. 그나저나 저기가 카페 맞겠지?'

단층으로 길게 뻗은 건물이 한창 유행한다는 식물 인테리어 카페 같다. 바다를 향해 액자처럼 나 있는 창 안에 알록달록한 꽃들과 초록잎이 가득 채워져 있다.

'저기서 나는 꽃향기인가 보다. 목마른데 저기 들렀다 갈까.'

멀리서 보기만 해도 코끝에 초록향이 묻는다. 도시에서는 새빨간 고춧가루 냄새와 회색의 먼지 냄새만 가득했는데….

우연은 마음 식물원을 사진으로 찍는다. 찍은 사진을

열고 네모난 건물 아래에 동그라미를 여럿 그린다. 낡고 긴 건물이 왠지 기차 같다.

지이잉― 지이잉―

사진에 기차 바퀴를 그리는데 전화가 울린다. 발신자는 신 팀장이다. 심장이 두근거린다. 왜 전화를 했지…? 차라리 문자를 하지. 그나마 우연과 회사에서 대화를 자주 나누던 동기지만 전화 통화를 하려면 마음의 준비가 필요하다. 진동이 멈추자 신 팀장에게 문자를 보낸다.

― 지금 전화 받기 어려운데 문자로 말해줘.

핸드폰을 끄고 가방에 넣는다. 진땀이 흐른다. 더워서 흐르는 건지, 긴장 되어 흐르는 건지 분간되지 않지만 어지럽다. 왼손을 이마에 대고 휘청대자 누군가가 우연의 팔을 잡아준다. 깜짝 놀라 옆을 보니 바다에서 헤엄치던 그 여자다.

"어… 저…."

"놀랐다면 미안해요. 얼굴이 창백하고 힘들어 보여서요. 괜찮아요?"

"저… 네… 괜찮아요…."

가뜩이나 낯선 동네에 와서 긴장하고 있는데 낯선 사람이 말까지 걸어오니 우연은 눈을 마주치지 못하고 말을 더듬는다. 잔뜩 긴장한 우연을 보며 지은이 미안한 표정을 짓는다.

"날이 더우면 어지럼증이 올 수 있어요. 이 해변에는 편의점이나 식당이 없어요. 제가 저기 보이는 마음 식물원에서 일하는데, 괜찮으시면 시원한 냉차 한잔 드시고 가실래요? 안색이 많이 안 좋아 보여요."

지은의 부축에 현기증이 가라앉은 우연은 낯선 이의 호의가 부담스럽지만 거절이 어려워 고개를 끄덕인다.

"네… 고맙습니다. 붙잡아 주신 것도 고마워요."

"그럼 저 먼저 들어가 있을게요. 천천히 와요."

우연에게 미소를 지어 보이며 여자가 성큼성큼 앞서 걸어간다. 오늘 만날 손님이 저이였구나. 입구에서 뒤를 돌아보며 우연이 잘 오고 있는지 살핀다. 머리를 대충 툭툭 털고 아침에 우려 놓은 위로차를 얼음 컵에 넣는다. 머뭇거리는 우연의 발걸음을 느끼며 골똘히 생각하던 여자가 휴대폰을 꺼내어 스피커에 연결한다.

"오늘은 음악이 필요할 것 같아. 그나저나 아무리 봐도 신기해. LP판들이 이 작은 기계에 다 들어 있는 거 아니야. 신기하지 꽃잎들아?"

빨간 꽃잎들이 대답이라도 하듯 여자의 발 주변을 동그랗게 돈다. 여자는 꽃잎들에게 미소를 지으며 들어오는 이의 느린 발걸음을 응원한다.

"왜 이렇게 사는 게 힘들기만 한지, 누가 인생이 아름답다고 말한 건지."

우연이 마음 식물원 앞에 서자 좋아하는 가수의 노래가 흘러나온다. 지칠 때마다 구석으로 숨어들어 이 노래 한 곡을 듣고 나오면 다시 일할 힘이 났다. 노래 가사처럼 혼자라는 생각이 들지 않게 손잡아 줄 다정한 이가 있다는 상상을 하며 버텨냈다.

낯선 사람과 낯선 공간에 들어서기를 잠시 망설이고 있는데, 때마침 흘러나오는 노랫말이 손을 잡듯 우연을 안으로 이끈다.

조심스레 입구에서 안을 들여다보니 해변의 여인이 노래를 흥얼거리며 촛불을 켜고 있다. 촛내에 촛불을 켜고 짧은 묵념을 하더니 노래를 흥얼거리다 우연을 향해 웃는다. 우연은 놀라 딸꾹질이 나온다.

"이 노래 너무 좋지 않아요? 우연히 듣게 된 후로 촛불 켤 때마다 듣고 있어요. 이 촛불은 오늘 힘든 마음을 가진 사람들을 위한 초인데, 가사랑 잘 맞아요."

지은의 말에 우연은 눈을 마주치지 못하고 고개를 작게 끄덕인다. 우연의 반응을 보니 대화보다는 필담이 나을 듯해 지은이 앞치마에서 수첩과 연필을 건넨다.

어서 와요. 시원한 냉차 줄까요? 원하면 따뜻한 차도 있는데 어떤 게 좋아요?

지은의 배려에 코끝이 찡하다. 펜을 들어 답을 적는다.

냉차 부탁드려요.

우연의 대답을 읽고 지은이 얼음 컵을 두어 번 흔들어 건넨다. 갈증이 심하던 차에 냉차를 마시니 우연의 속이 뻥 뚫린 듯 시원하다.

숨을 돌린 우연을 뒤로하고 채반을 든 지은이 화분에서 루꼴라와 바질, 방울토마토를 툭툭 따서 개수대로 가져와 씻는다. 그다음 접시 두 개에 나누어 담고 반으로 자른 오렌지를 담아 올리브오일을 휘 둘러 화이트 발사믹을 뿌린다.

우연은 식물원 입구 앞의 2인용 네모난 나무 테이블에 앉아 샐러드를 만드는 지은의 움직임을 훔쳐본다. 좋아하는 음악 덕분인지 시원한 냉차 덕분인지 현기증은 가라앉고 기분도 나아졌다.

'검은색 민소매에 짧은 청바지를 입고도 우아할 수가 있네.'

우연이 감탄하는 사이, 지은이 몸을 돌려 걸어와 테이블 위에 놓인 수첩과 연필을 집어 들어 글자를 적는다.

이 근처에 식당이 없는데, 괜찮으시면 샐러드 드실래요? 만들다 보니 너무 많이 만들었어요.

위로차를 냉차로 내준 건 처음이라 지은이 우연을 조심스레 살피며 묻는다. 그러고 보니 지은이 메리골드에 처음 온 날도 저런 표정이었을까. 계절은 여름인데 저이의 속은 한파를 지나고 있다. 지은의 쪽지를 읽고 우연이 연필을 들어 답을 쓰려다 말고 더듬더듬 입을 연다.

"그… 그냥 주시지 말고… 값을 낼게요."

위로차의 효능이 통했는지 우연은 해변에서보다 한결 편안해 보이지만 여전히 눈을 맞추지는 않는다. 그래도 저이가 목이 말랐는지 위로차를 단숨에 들이켜더니, 덕분에 빠르게 편안해졌네. 위로차를 마시면 굳은 마음이 풀리면서 자신도 몰랐던 속마음을 꺼내놓는 효능이 나타난다.

"혹시 식물 키워봤어요? 여기서 직접 키운 걸 먹는 거라 값을 매기긴 그렇고, 시간 되면 이따 가지치기 하는 거 도와주실래요?"

"저희 엄마가 꽃을 좋아하셔서 도와드린 적이 있어요. 그리고… 제가 불편할까 봐 마음 써주셔서 고맙습니다. 가끔 낯선 상황이 좀 어렵게 느껴져서요."

앉은 자리에서 깍듯이 인사하는 우연에게 지은도 샐러드 볼을 건넨 후 허리를 숙여 인사를 건넨다.

"방금 수확한 샐러드는 처음 먹어보는데 정말 신선하네요. 드레싱은 뭘 쓰신 거예요?"

"맛있죠? 자연은 우리에게 주는 게 이리 많아요. 친절해. 드레싱은 유기농 올리브오일과 화이트 발사믹을 썼어요. 괜찮아요?"

"정말 맛있어요. 오렌지랑 같이 먹으니 상큼해요."

오랜만에 빨간색이 아닌 초록색과 연두색, 오렌지색이 섞인 음식을 먹으니 건강해지는 기분이다. 빨간 맛 음식들은 먹을수록 알싸하게 매운 기분에 도파민이 솟아나지만 속은 더부룩했다. 오랜만에 샐러드를 먹으니 맛있네, 이래서 신 팀장이 점심에 루꼴라 샌드위치만 먹는 건가. 그러고 보니 이제야 신 팀장에게 전화가 왔었다는 사실이 기억난다.

"잘 먹었습니다. 정말 맛있게 먹었어요."

"맛있게 먹어주어 고마워요. 정리하고 나무 몇 그루만 가지치기 해요."

"네, 제가 뭘 하면 될까요?"

"잘라낸 가지들 정리해서 버려주시면 돼요. 그런데 이름이 뭐예요?"

"기우연이요. 우연이라고 편히 불러 주세요."

"그래요. 난 마음 식물원 사장이라 대부분 그냥 사장이라고 불러요. 근데 언니라고 불러도 되고, 편한 대로. 여기 앞치마 입어요."

우연은 앞치마를 받아 목에 걸고 겉감을 스윽 한번 쓸

어내린다. 식물원 사장과 같은 앞치마를 입었을 뿐인데 마치 직원 유니폼을 입은 듯 이곳에 소속감이 드는 이유는 뭘까. 100평 남짓해 보이는 식물원을 다 둘러보지도 못했는데 벌써 이곳이 좋다.

회색 빌딩숲에 살며 닭도리탕과 떡볶이, 라면의 빨간색으로 살아 있음을 확인하곤 했는데, 이곳은 특별히 화려하게 꾸미지도 않았어도 훨씬 생기가 넘치고 근사해 보인다.

"와… 벽이 아니라 통창이네요?"

"창밖의 산도 마치 식물원의 일부처럼 보이죠? 그래서 일부러 통창을 냈어요."

"자연을 좋아하는 편이 아니었는데, 여기서 보는 산과 바다는 감동이네요."

"근사하죠. 딱 이 가운데 서 있잖아요? 그럼 산과 바다가 양팔로 안아주는 듯이 포근해요. 난 외로울 때 여기 있어요. 나뭇잎도 닦고 꽃에 물도 주고 분갈이도 하다 보면 마음에도 꽃바람이 부는 것 같달까."

"마음에 꽃바람이요? 사장님이 지금 손질하는 나무는 무슨 나무예요?"

"이건 올리브나무예요. 손님이 위탁하고 가셨어요."

"위탁도 가능하군요."

"원하시면요. 새순이 돋았네, 오늘 가지치기 안 해줬으면 새순한테 미안할 뻔했어요."

지은이 빙긋 웃더니 우연에게 가위를 건네며 말한다.

"시든 가지, 우연 씨가 잘라볼래요? 어렵지 않죠? 꽃이든 나무든 시든 잎을 정리해 주지 않으면 새순이 잘 자랄 수 없어요. 아깝다고 시든 가지 그대로 두면 식물 전체에 안 좋은 영향을 미쳐요."

"마치 사람과 비슷하네요. 시들고 정리해야 할 것들을 끌어안고 살면 새살이 돋아나지 못하듯이요."

오랜만에 대화가 즐거운 손님을 만나 말을 이어가다 보니 상수의 올리브나무 손질이 끝나 있다. 더 이야기 나누고 싶어 그제 온 손님의 사과나무도 손질하기 시작한다. 지금은 혼자라는 생각이 들지 않는다. 우연도, 지은도.

"저는 내일모레면 마흔인데도 아직 어른으로 사는 일이 힘들어요."

"힘들죠! 어른으로 사는 법을 배운 적도 없는데 나이 들었으니 성숙한 어른이 되라고 강요받는 느낌이잖아요? 나는 아직 준비가 안 되었는데. 우리 우연 씨, 그동안 힘들었겠다."

"그렇게 말해주셔서 고맙습니다."

도란도란 지난 일들을 이야기하다 보니 지은의 위로에 눈물이 핑 돈다.

당연히 누구나 어른이 되는 줄 알았다. 학교를 졸업하고 시작한 사회생활은 몸에 맞지 않는 옷 같았지만 다들 이리 사니 힘든 게 당연한 줄 알고 살았다. 성인이 되어서도 속 깊은 이야기를 누군가와 나누기는 어려웠다.

어째서 이제껏 털어놓은 적 없는 이야기들을 처음 보는 여자에게 꺼내놓고 있는 걸까. 보이지 않게 쌓아올려 있던 마음의 벽이 식물원의 유순한 공기를 타고 흐르는 웃음과 햇살에 쉽게 허물어진다.

"이런 이야기는 처음 해봐요. 사회 부적응자로 보일까봐… 다들 잘 사는데 저만 이러는 것 같아서 속에 담아 두고만 있었어요. 쓸데없이 제 이야기만 했죠?"

"괜찮아요. 여기는 마음 털어놓고, 힘든 마음은 식물로 피워 돌보고 데려가기도 하는 마음 식물원인걸요. 들어올 때 팻말도 읽었죠? 나는 친구도 가족도 없고, 이야기를 옮기지 않으니 염려 말아요."

"간판 읽었어요. 그런데 사장님도 외로우셨겠어요…."

"돌아보니 혼자인 것 같아도 혼자이지 않았어요. 꽃과 나무, 하늘과 바다, 그리고 바람이 친구이자 가족이었으니까. 손님들도 친구였고, 마을에서 함께 살던 이들도 가족이었고요."

지은의 긴 속눈썹에 서늘한 슬픔이 맺혔다가 금세 따뜻한 온기로 바뀐다. 머리칼을 쓸어 귀 뒤로 넘기는 여자의 얼굴엔 아이의 천진함도 있고, 세월의 풍파를 겪은 노파의 깊은 고독도 있다.

"그리고 우연히 진짜 사랑을 하고 난 뒤, 나를 정말 사랑하게 되었어요."

"와… 정말 부러워요."

"물론… 다 지난 일이지만요. 이곳에 온 뒤로 슬플 때면 춤을 추고 바다에 들어가기도 해요. 그럼 슬픔과 외로움이 바람처럼 슥 흘러가곤 해요."

"그러니까… 감정은… 바람처럼 불었다 멈추었다 하는, 그런 거죠?"

"맞아요! 우연 씨, 표현이 너무 좋다."

"하하… 저 문예창작학과 나왔거든요. 글 쓰면 배고프다 그래서 전혀 다른 회사에 취직했지만요. 전화로 온라인 영어프로그램을 판매하는 일이었는데, 사실 저는 내성적인 편이라 매일 전화하는 일이 곤혹스러웠어요. 다른 일들도 있었고… 그래서 두 달 전에 그만뒀어요. 앞뒤 대책 없이 무작정요. 한심하죠?"

"그럴 수도 있죠. 전 회사에서 즐거움은 한순간도 없었어요?"

"있었어요. 프로그램을 구매해 수강하는 아이들과 주에

한 번, 혹은 월에 한 번씩 통화할 때 즐거웠어요."

영어 프로그램을 수강했던 몇몇 아이들이 떠오르니 우연의 표정이 금세 밝아진다.

"우연 씨는 글 쓰고 아이들과 함께하는 일을 좋아하는 건가요?"

"잘 모르겠어요. 그렇다고 생각했는데, 그렇지 않은 것 같기도 하고…."

"대부분 모르고 사는 경우도 많아요. 좋아하고 행복한 일보다 생계가 우선인 날들이 더 많으니까. 그럼 우연 씨는 어떨 때 행복해요?"

"행복…이요? 그것도 잘 모르겠어요. 행복이라 부르면 거창해 보여서 부담스러워요."

"질문을 바꿔서… 하루 중 무엇을 할 때 편안하거나 기분이 좋아져요?"

지은의 질문에 오른쪽 엄지손톱을 물어뜯던 우연이 드디어 찾았다는 표정으로 입을 뗀다.

"닭도리탕 정식 먹을 때요! 그리고 5시 50분부터 가방 딱 싸고 기다리다가 6시 땡 하면 회사 나설 때! 프로그램 하는 아이가 성적이 올랐을 때! 문 열고 들어가 집 냄새 맡을 때, 밤에 씻고 자려고 누웠을 때 편안해요. 그런데 이게 행복인지는 잘 모르겠어요."

편안의 순간을 말하는 우연의 눈빛이 반짝거린다. 지은

은 앞치마 주머니에 가위를 꼽고 우연을 바라본다.

"행복에 대한 기대치가 높으면 오히려 행복이 와도 모를 수 있어요."

"행복에 대한 기대치도 있나요?"

"생각해 봐요. 행복이 무엇인지도 모른 채 행복을 찾기 위해 열심히 살아가는데, 사실 행복이라는 게 별거 없이 소소하고 시시하거든요. 예를 들면 오늘 저는 물놀이하고 우연 씨랑 이야기해서 행복해요."

"정말요? 저 처음 보는데 지금이 행복해요?"

"우연 씨가 오지 않았다면 혼자 놀 뻔했는데 식사도 같이 하고, 가치지기도 도와주니 일이 수월히 끝났어요. 맞다, 엄마 친구분이 여기를 알려주셨다 했죠? 그분 성함 혹시 알아요?"

"신상수 님이라고 했어요."

"상수 씨! 처음에 같이 손질한 올리브나무가 상수 씨 나무인데, 이것도 인연이네요? 만약 오늘 돌아가야 되는 게 아니라면, 우연 씨도 우연히 상수 씨를 만날 수 있겠다!"

"썰렁해요…."

지은의 싱거운 농담에 우연이 오들오들 떠는 시늉을 하자 둘은 함께 웃는다. 우연은 웃으며 식물원 내부를 둘러본다. 코끝에 걸린 초록의 향이 더욱 짙어지는 듯 기분 좋아지는 풍경이다. 보고 또 봐도 질리지 않을 것 같다. 이름 모를 꽃과 나무와 식물들이 한 폭의 그림 같다 생각하는데 손등이 간지럽다. 하얀 꽃나비가 날아와 손등에 앉는다.

"여기는 세상에 없는 곳 같아요. 왜… 영화에서 보면 마지막 순간에, 그동안 고생했다고 신이 인간을 잠시 아름다운 정원에 머물게 해주던데, 그런 장소 같아요."

"사느라 수고했다고 선물처럼 오늘이 온 걸 수도 있지요."

"그런가요? 그럼 정말… 저에게 선물일지도 모르겠어요. 사실 어떤 꿈이 있어서 직업을 선택한 것도 아니고, 꾸역꾸역 일하다 보니 점점 남들과 비교되고 제 자신이 작아지더라고요. 어느 순간부터는 전화벨 소리에 가슴이 뛰고 막 어지러워요. 직급이 올라가도 제가 잘하고 있다기보다는 오히려 뒤처지고 있나는 생각이 들고요."

"많이 힘들었겠어요."

"네… 사실 힘든 줄도 모르고 힘들었던 것 같아요. 취업도 어려운 시대에 4대 보험 되는 직장에서 근속하는 것도 행운이건만, 배부른 투정을 했나 싶고요. 아직 결혼도 하지 않았는데 직장까지 관두면 부모님께 죄송하기도 하고요. 못난 딸이잖아요."

"그렇게 생각할 수 있어요. 남들이 가는 속도에 맞추어 살아가는 것이 바른 길이라고들 생각하니까. 아이를 키워

보지는 않았지만 살면서 만난 분들의 이야기를 들어보니, 그래도 부모는 무엇보다도 자식이 행복한 길을 응원하시더라고요."

"그럴까요? 친구들은 집도 사고, 결혼도 하고, 애도 낳고… 주변에 학부형 된 친구들도 많은데 저만 어린애처럼 사는 것 같아서 위축돼요. 그래서 아무도 만나기 싫었어요."

우연의 축 처진 어깨를 지은이 토닥인다. 지은의 토닥거리는 손놀림에 초록 페퍼민트 꽃잎이 향을 내뿜는다. 페퍼민트 향은 마음을 진정시키는 데 효과가 있다.

"정해진 건 없어요. 결혼하는 사람도 있고, 하지 않는 사람도 있고. 아이를 낳는 사람도 있고, 둘이 사는 사람도 있고. 결혼했다가 돌아오는 사람도 있잖아요. 살아가는 방식은 저마다 달라요. 어머니가 메리골드에 가보라고 기차표를 주신 걸 보면, 이미 우연 씨의 선택이 무엇이든 응원한다는 무언의 격려 같은데요?"

"역시 그럴까요?"

"바꿔 생각해 봐요. 우연 씨는 부모님이 어떨 때 가장 좋아요?"

"두 분 건강하시고, 즐겁게 사실 때요."

"그것 봐요. 남들 하는 대로 살면서 우울한 딸보다 가고 싶은 길 위에서 즐거워하는 딸을 보고 싶지 않으시겠어요? 가족은 아마 같은 마음일 거예요."

눈시울이 붉어지는 우연의 어깨를 다시 부드럽게 쓰다듬으며 지은이 자리에서 일어선다.

"마음 식물원은 힘든 마음을 피워 잘 돌볼 수 있도록 돕는 곳이에요. 세상에 하나뿐인 특별하고 이상한 식물원이긴 해요."

"마음을 피운다는 건⋯ 정확히 무슨 뜻일까요?"

"일종에⋯ 마법이랄까요? 간절한 이들의 눈에만 보이는⋯?"

"네에⋯?"

"농담이에요. 따뜻한 차가 마시고 싶네요. 찻물 끓이고 있을게요. 꽃이나 나무 중 무엇으로 마음을 피워내고 싶은지 고민해 봐요."

"그런데요 사장님⋯ 힘든 마음을 꺼내면 더 힘들어지지 않나요?"

"마음을 피워내면 감정을 밖으로 꺼낸 것이니 편안해질 거예요. 피워낸 마음 식물을 양육하다 보면 힘든 마음이 서서히 사라지고, 같은 어려움이 와도 견뎌낼 수 있는 단단함이 생겨요. 그리고 식물을 돌보듯 내 마음도 돌보게 돼요."

"내 마음을 돌본다고요? 어떻게요?"

"타인과의 관계보다 중요한 건 나와의 관계 형성이에

요. 식물처럼 시들거나 물이 부족하거나 영양이 부족하지 않은지 마음에게 수시로 묻고 살피면 돼요. 마음을 들여다보는 연습을 하다 보면 나와의 관계가 좋아지고, 그럼 사는 게 편안해지죠."

"나와의… 관계요…?"

"우리는 바쁘다는 핑계로 마음 돌보기를 곧잘 미루잖아요? 식물 돌보듯 내 마음을 돌보면 마음에 깊게 새겨진 얼룩 같은 상처도 실은 꽃을 피우는 과정이었다는 걸 알게 될 거예요."

"와… 정말 말씀하시는 게… 영화 대사 같아요."

"하하하, 마음 식물을 피울지에 대한 선택은 자유롭게 해요. 만약 피워내고 싶으면 하얀 테이블에 올려둔 동그란 유리구슬을 바라보면 돼요. 진심으로 안아주고 싶은 감정이 거울처럼 유리구슬에 투영되면 마음이 피어나요. 원치 않는다면 편안히 나가면 돼요. 그럼 찻물 좀 끓일게요."

긴말을 마친 지은은 뱅그르르 몸을 돌려 가벼운 걸음으로 찻주전자를 들고 움직인다. 나비처럼 가벼운 지은의 몸짓을 바라보던 우연이 눈을 비벼본다. 현실이다. 믿기지 않는 듯 고개를 저으며 테이블 앞으로 걸어간다. 동화를 좋아했던 우연이었지만 실제로 동화 속에 들어와 있는 것 같은 기분은 난생 처음이다.

현실감이 없지만 현실적이야, 두 손에 꽉 차게 들어올 만한 유리구슬을 두 걸음 떨어져 살핀다. 투명한 구슬에 가까이 가기만 해도 마음을 들킬 것만 같다. 피워낸 마음이 너무 못나면 어쩌지? 가시로 피어나면 어쩌지?

살아간다는 건 늘 두려운 일이지만 두려움 앞에서 주춤거리는 것도 습관이 되었나 보다. 마음을 들키기 싫어 늘 눈을 반쯤 내리깔고 살던 우연에게 눈동자를 닮은 유리구슬을 정면으로 바라보는 일은 큰 용기가 필요하다.

"나무의 시작은 씨앗이었지."

두 주먹을 꽉 쥐고 눈도 질끈 감고 유리구슬 앞에 서 있는 우연을 보며 지은이 조용히 속삭인다. 나무의 시작도 씨앗이고, 마음을 들여다볼 작은 용기도 마음 돌봄의 시작이다. 용기를 내는 일은 아무도 대신해 줄 수 없다. 결심하는 순간 놀라운 마법이 시작된다는 것을 알게 되면, 거센 파도가 몰려와도 잠식당하지 않고 극복할 방법을 찾을 것이다.

찻물이 치익 하고 끓는다. 불을 끄고 두 개의 머그컵을 꺼낸다. 하나는 우연을 위해, 하나는 지은 자신을 위해.

"후… 차 맛 좋다. 오늘은 하늘이 맑고 쨍하네."

한여름의 쨍한 하늘을 바라보며 불어올 가을바람을 그린다. 지금은 타들어 가듯 더워도 성실한 바람은 제 몫을 다해 가을로 향해 갈 것이다. 다가올 계절처럼 그리운 이의 얼굴이 눈에 선하다. 코끝에 가을이 묻는 날 나도 용기를 내볼까.

※

"개나리…? 내 마음이…?"

두 손 위에 놓인 개나리 화분 주위로 꽃잎이 빙글빙글 돌며 춤을 춘다.

흩날리는 꽃잎의 아름다움에 넋을 잃은 우연은 순간 지은의 말을 떠올린다. 지은의 말처럼 힘든 마음이 꽃이 될 수 있다면… 눅진해져 어느 부분이 상처인지 구분 없어진 마음을 잘 돌보면… 얼룩을 씻어내고 행복해질 수 있을까.

가벼워지고 싶고, 털어버리고 싶고, 이전과 달라지고 싶었다. 힘든 마음들을 지우면 나도 만족스러운 하루를 살아갈 수 있지 않을까 기대하며 유리구슬을 안았다.

"이토록 아름다운 장면은 처음 봐. 마음이 꽃필 수가 있다니."

오른손으로 눈을 비빈다. 눈을 비비면 사라질까, 총천연색 꿈일까 볼도 꼬집어본다.

"안 사라졌네. 고단한 마음이 고운 노란빛 꽃이라니."

가슴속에서 뜨거운 무언가가 끓어오른다. 부글부글, 끓

어오르는 뚝배기 앞에서야 살아 있음을 확인하던 우연의 안에서 그보다 뜨거운 감정이 끓고 있다. 진한 눈물이 마음꽃에 떨어지는 순간 섬광처럼 휙 무언가 지나간다. 이상하리만치 마음이 가볍다. 내내 가슴을 짓누르던 무거운 마음의 돌덩이, 그것이 정말 이 꽃으로 피어난 것일까

"고운 영춘화가 피었네요, 꽃이 우연 씨 닮았어."

곁에 온 지은이 꽃을 보며 해사하게 웃는다.

"여… 영춘화라고요? 그것보다도, 너무 놀라워요. 마음식물이 핀다는 말씀이 진짜였네요?"

"그럼 진짜지. 난 진실만 말해요. 사실 농담 같은 거 별로 소질 없거든. 연습해도 잘 안 되더라고, 깔깔깔."

지은이 웃자 주변이 환하게 빛난다. 그녀의 웃음은 봄날의 햇살처럼 따뜻하고 눈이 부시다. 꽃잎들도 웃는 듯 나풀거린다. 세상을 웃게 하는 웃음에 우연도 이를 드러내고 환히 웃는다.

"언니 웃는 얼굴 앞에서 웃지 않을 사람이 없겠어요. 언니는 웃는 게 재능인 거 같아요."

"언니라고? 하하하! 웃는 게 재능이란 말은 처음 들어요. 맞다, 나는 외동이라 동생이 없는데, 우연 씨가 내 동생할래요?"

"좋아요. 저도 외동이라 언니 있는 친구들이 부러웠거든요."

"딱이네! 헌데 우연 씨 영춘화 본 적 있어요?"

"아니요, 저는 개나리꽃인 줄 알았어요."

"영춘화는 봄의 시작을 알리는 희망의 꽃인데, 개나리보다 빨리 피고 자세히 보면 꽃잎도 달라요. 마른 나뭇가지들 사이에서 피어나서 겨울 안에 있는 듯해도 사실은 가장 먼저 봄을 알려주죠."

"그런가요. 힘든 계절 속에서도 꽃을 피워낸 거로군요."

우연은 꽃을 다시 살핀다. 하루살이처럼 살다 직업마저 놓아버린 현실에서 어떻게 살아야 할지 미궁이라 생각했던 오늘이 봄의 시작이라면, 이미 무언가 시작되었다는 것일 테다. 형체 없는 희망과 기대가 몽글몽글 피어난다.

"그런데 영춘화나 개나리 같은 꽃들은 원래 봄에 피지 않나요? 생각해 보니 지금 한여름인데요?"

"여기는 마음 식물원이잖아요! 모든 일엔 이유가 있듯, 지금 봄꽃이 핀 이유가 뭔지 돌보면서 천천히 찾아봐요."

"네, 그럴게요. 그런데요, 이 꽃이 죽으면 어쩌죠?"

"그럼 새 화분을 사면 되지."

"네?"

"화분의 식물이 죽으면 잘 보내주고 새 화분을 사야지. 안 그래요? 너무 무겁게 생각하지 마요. 꽃은 피고 지고 반복하는 법이니까. 사람의 마음도 해가 비추었다가 그늘이 졌다가, 즐거웠다가 슬펐다 하는 것처럼요. 일어나지 않은 일에 미리 겁먹지 말고."

"엄마가… 엄마 친구분이 여길 가보라고 하신 이유가 있었네요. 엄마가 오늘 아침에 저한테 여길 꼭 다녀오라고 하셨거든요."

"참 좋은 엄마네. 부럽다. 나는 오래전에 엄마를 잃었거든."

"아… 죄송해요."

"죄송할 게 뭐 있어요. 사실 나도 그동안 두렵다는 이유로 어제에 잠겨 오지 않을 미래만 생각하며 살았어요."

"지금은요?"

"지금은 오늘만 생각하며 살아요. 지금 행복하고, 지금 즐겁고, 슬프면 울어버리고 말이야. 슬픔도 참지 않고 기쁨도 참지 않지. 나는 웃는 표정이 부자연스러웠던 사람이거든? 슬픈 표정이 문신처럼 새겨셨던 시절도 있었어요."

"지금 언니 웃는 건 햇살처럼 환한데, 슬프기만 한 모습은 상상이 안 돼요."

"연습하니까 되던데요. 행복한 것처럼 뇌를 속이라고, 친구가 말해줬거든요? 그 뒤로 거울 보고 어떻게 웃을까 연습했어요."

"웃는 것도 연습이 필요해요?"

"사는 일은 늘 연습이 필요하니까. 거울 보면서 '행복해'

하고 웃어봐요. 그러면 끝음절 '해'에서 자연스럽게 입이 벌어지면서, 신기하게 눈도 따라 웃고 있더라니까? 입이랑 눈이 웃으니 마음도 웃는 거예요. 근사하죠?"

"꿀팁이네요."

"돌아가서 웃는 연습 하다 또 울고 싶을 땐 목 놓아 크게 울어 봐요. 참기만 하면 감정이 소화되지 못하고 안에 머물러 얼룩으로 굳어지기도 하니까."

"어른인데… 그렇게 울어도 될까요?"

"어른이라고 무조건 울음을 참아야 되나? 어른도 울어도 돼. 나이가 든다고 방법을 절로 아는 건 아니잖아요. 마음을 스스로 양육할 줄 알게 되면 진정한 어른이 되는 것이지."

"아… 저는 남들처럼 돈 벌어서 월세에서 전세로 옮기고 집 사고 아이 낳고 키우면서 승진하고 차 사고 집 넓히고, 그리 사는 게 어른인 줄 알았어요."

"살아가는 방식은 저마다 달라요. 그리 사는 삶이 어른이라고 누가 정한 걸까요? 그리 살아가는 어른도 어른이고, 다른 방식으로 살아가는 어른도 어른이라고 생각해요."

"자신만의 방식으로 살아가는 어른…."

"충분히 고민하고 시행착오도 겪고 시도하고 노력한 뒤에야 깨달을 수 있어요. 내가 원하는 방식의 삶을 말이에요. 우연 씨는 행복해 보이는 삶을 살고 싶어요, 아니면 행복한 삶을 살고 싶어요?"

"물론 행복한 삶이요."

"그럼 행복한 척 보여주는 거 말고, 내 안에서 소소한 즐거움과 기쁨을 찾아봐요. 작은 즐거움들이 매일 모이면 행복한 매일이 아닐까."

안전하게 살기 위해 타인에게서 보이는 행복의 이미지를 나의 것이라 착각했던 건 아닐까. 순간의 깨달음에 우연은 머리에 돌이라도 쾅 맞은 양 정신이 번쩍 든다.

"내일모레면 마흔인데 세상 기준으로는 이뤄놓은 것도 하나 없고… 오래전 마음에 품은 꿈이 하나 있었는데. 너무 늦고 무모한 것 같아 방바닥만 긁고 있었어요. 그런데 이곳에 와서 용기가 생겼어요. 무엇을 해야 할지 확실히는 모르겠지만요."

"무언가를 시작하기에 늦거나 이른 나이는 없어요. 세상의 기준 말고 자신만의 기준으로 인생을 살아요. 아무도 대신 살아주지 않는 내 인생이잖아. 누구보다 소중한."

"그럴게요. 감사합니다…."

해변에서 마주쳤던 우연은 마치 한겨울 마른 나뭇가지처럼 바싹 말라 감정도 의지도 없어 보였다. 하지만 시든 나무도 잎을 틔우고 다시 꽃을 피우기 마련이니까.

해변에서 휘청거리는 우연을 부축해 주면서 어떤 사연

이 있는지는 몰라도 그 마음을 안아주고 싶다고 생각한 지은이었다.

우연이 마음꽃을 피우자 지은의 마음에도 꽃이 핀다. 마주 보고 있는 우연의 등 뒤로 영춘화가 두어 줄기 피어난다. 꽃잎들과 눈 짓을 주고받으며 지은이 우연을 향해 두 팔을 벌린다.

"이리 와요, 동생 생긴 기념으로 한번 안아보자."

양팔을 벌린 지은의 품에 우연이 안긴다. 살며시 등을 쓸어내리며 토닥이는 지은의 따뜻한 손길에 우연이 어린 아이처럼 엉엉 울음을 터뜨린다.

"괜찮아, 마음껏 울어. 울고 나면 시원해질 거야."

지은의 토닥임에 꽃잎들도 우연의 등을 토닥이듯 날아다닌다. 한참 울던 우연의 어깨 들썩임이 잦아든다. 통통 부은 눈으로 지은의 품에서 떨어진 우연이 눈물을 닦으며 웃는다. 환하게 빛나는 그녀의 낯빛에 지은과 꽃잎들은 안도한다.

"정말 고마워요, 언니. 제가 나중에 보답할게요. 진짜로요. 마음꽃을 피운 비용은 어찌 드려야 할지… 계좌번호 알려주시겠어요? 이체할게요."

"마음꽃 엄청 비싼데?"

"어… 그럼… 다음 달에 실업급여 받으면 그때… 아니면 카드 할부 될까요…?"

"그걸로는 안 되는데. 마음꽃 값은 말이지… 값을 매길 수 없을 만큼 값지거든. 돈 대신, 돌아가서 몇 가지 할 일이 있어."

침을 꿀꺽 삼킨 우연이 고개를 끄덕인다. 할 수 있는 일이 있다니 기쁘다.

"첫 번째, 규칙적인 루틴을 만들 것. 일단 정해진 시간에 일어나서 이불 정리를 해. 단정하게. 그리고 하루에 한 번, 간단하게라도 영양가 있는 집밥을 만들어 천천히 먹도록 해. 두 번째, 당장 일하지 않더라도 해 떠 있는 시간에 매일 30분씩 밖으로 나가서 산책해."

"밖으로 나가요? 귀찮은데… 집에서 제자리걸음 안 돼요?"

"안 돼요. 그리고 세 번째. 잠들기 전에 하루 동안 감사한 일들을 세 가지씩만 적어. 짧게 써도 돼."

"하루에 감사한 일이 세 개나 있을까요…?"

"물론이지. 아침에 무사히 눈 뜰 수 있음에 감사, 살아 있음에 감사, 식사할 수 있음에 감사만 해도 벌써 세 개인걸? 메리골드에 올 수 있는 기차표에 감사, 엄마의 다정함에 감사. 쓰다보면 더 많아질걸?"

"그런 당연한 일들이 감사할 이유였군요. 몰랐어요."

당연히 누리던 삶의 요소들이 감사의 이유라니. 그렇다면 살아온 모든 날들이 감사한 날들인 건가.

"만약 화가 났다면 화낼 수 있어 감사, 이렇게 써도 돼요?"

진지한 우연의 표정을 보며 지은이 앞치마 주머니에 두 손을 찔러 넣고 고개를 끄덕인다.

"무엇을 쓰든 우연 씨의 자유! 식물원이나 내가 보고픈 날 한 번쯤 와주면 더 좋고. 오늘 함께하며 즐거웠어. 동생은 처음이거든."

"꼭 올게요. 여러 번 올게요. 자주 온다고 귀찮아하기 없기예요! 그런데 마음 식물원은 자선 단체인가요? 사회적 기업 뭐 그런 거?"

"어쩌면 그럴 수도 있겠지. 굳이 구분이 필요하면. 이제 돌아가면 마음껏 행복하기에 집중해. 그거면 충분해."

"제가 받기만 해서 죄송한데…."

영춘화 화분을 끌어안고 곤란해하는 착한 우연의 마음에 골똘히 생각하던 지은이 손뼉을 치더니 양손을 모은다.

"부탁 하나 들어줄 수 있니? 정말 중요한 일인데."

"네! 제가 할 수 있는 거면 무엇이든요!"

"언덕 끝에 가면 우리 분식이라고 있어. 우리 마을에서 가장 오래된 맛있는… 아니, 인심 좋은 식당인데, 거기서 김밥 두 줄… 아니 세 줄만 사다 줄래? 떡볶이 먹고 싶으면 사 오고."

"그거면 돼요? 다른 거 더 시키셔도 좋아요, 언니!"

당황한 우연의 표정을 보며 지은이 진지하게 대답한다.

"지금 우리에게 가장 중요한 일은, 배가 고프다는 거야."

지은의 말에 둘이 동시에 깔깔 웃는다. 우연은 울다 웃으면 어찌 되는지를 잠시 생각하며 눈물을 닦는다. 그러고 보니 배가 몹시 고프다.

"다녀올게요. 저도 너무 배고파요!"

우연은 영춘화 화분을 바다 앞 테이블 중앙에 내려놓는다. 다녀올게, 말이라도 하듯 눈맞춤을 하고 밖으로 나가 입구에서 한 번 더 뒤를 돌아본다. 마치 시간여행이라도 다녀온 것처럼 문도 없는 이 입구를 나가면 사라져 버릴까 싶어 지은과 식물원을 바라본다.

지은이 우연을 향해 손을 흔든다. 배가 고프니 어서 나녀오라며 익살스러운 몸짓을 한다. 우연은 손을 흔들고 식물원을 나선다.

'웃자. 웃어보자. 슬픔도 웃음 뒤에 함께 흘려보내자.'

지은은 우리 분식 사장의 김밥 맛을 떠올리며 입맛을 다신다.

"아줌마, 내가 메뉴 개발하지 말라고 신신당부 했는데… 약속은 지켰으려나?"

지은의 긴 속눈썹에 그리움이 걸린다. 보고 싶다, 모두.

"우연 팀장, 대체 전화 왜 안 받아? 문자는 금방 답장하면서 답답하게! 참참, 내 정신 좀 봐, 콜 포비아라고 했지. 미안해. 내가 우연 팀장 이 집 단골이래서 일주일 내내 온 거 알아?"

우연이 세 번째 실업급여를 받으러 교육을 받고 단골 식당에 들어서자 신 팀장이 숟가락을 들다 말고 벌떡 일어서 말을 쏟아낸다. 우다다다, 쏟아내는 익숙한 그 말투에 우연이 빙그레 웃는다.

"문자로 말하면 편하잖아. 반가워 신 팀장. 같이 앉아도 되지?"

"빨리 앉아. 맨날 보다가 안 보니 허전하잖아. 동기 사랑 나라 사랑이라는 말 몰라? 근데 자기 요즘 피부과 다녀? 얼굴이 왜 이리 좋아졌어?"

"천천히 해, 천천히. 체하겠다. 사장님! 여기 정식 하나요!"

주문을 하고 벽에 걸린 앞치마를 멘다. 오늘은 빨간 국물이 튀어도 티 나지 않도록 검은색 옷을 입었다. 투정 섞인 말을 내뱉는 신 팀장이 반가운 걸 보니 우연도 그녀가 보고 싶었던 것 같다.

"우연 팀장 나가고, 내가 얼마나 부러웠는지 알아?"

"매출 1위 신 팀장이 왜?"

"사직서 낸 그 용기가 부러워서 그러지! 매출 1위 지킨다고 매일같이 노심초사 그만하고 싶어서! 매출 2위로 떨어져 봐, 상무님 바로 호출 오고, 말도 마. 그래도 어쩌겠어. 우리 첫째 초등학교 들어가고 둘째는 유치원 들어갔는데 돈이 좀 많이 들어? 맞벌이를 해도 허덕인다니까. 나 하도 말을 많이 해서 목에 염증 달고 사는 거 알아? 아 뜨거!"

"그랬구나, 천천히 먹어, 입 데겠어."

"그러게, 앗뜨! 빨리 먹고 일하는 게 습관이라 샌드위치만 주구장창 먹었는데, 우연 팀장 여기 온다고 자기 팀원이 알려줘서 겸사겸사 왔더니 왜 이리 맛있어?"

"한식은 냄새 배고 번거로워서 싫다더니?"

"노우 노우, 콩나물도 어쩜 이리 아삭해? 두 접시씩 먹잖아. 이 반찬이랑 밥이 뭐라고 이리 기분이 좋은지. 아침저녁으로 남편하고 애들 밥 챙기는 데도 정신없어서 내 밥은 대충 때우기 바빴는데, 남이 차려주는 밥 먹으려니 눈물이 나더라. 그동안 자기만 이렇게 좋은데 다닌 거야?"

신 팀장이 눈을 흘기자 우연이 미소를 짓는다. 그러고 보니 입사 동기라고는 둘만 남았는데, 회식 말고는 같이 밥을 먹어본 적이 없다.

"신 팀장. 그런데 갑자기 궁금한 게 있어. 왜 그동안 남들처럼 나한테 기 팀장이라고 안 하고 우연 팀장이라고 불렀어?"

신 팀장이 깔깔깔 웃는다. 이에 커다란 고춧가루가 낀 줄도 모르고 시원하게 웃어젖힌다.

"친근하잖아! 나 회사에서 매출만 밝히는 비정한 인간이라고 아무도 상대 안 해주는데. 그래도 우연 팀장은 입사 동기고 친구 같아서 나만의 위안이었어. 기분 나빴다면 사과할게."

의외다. 피도 눈물도 없이 일만 하는 사람인 줄 알았더니 신 팀장도 외로웠구나.

닭도리탕 국물에 비빈 밥을 김에 싸서 크게 입에 넣고 즐거워하는 그녀가 어색하다. 회사에서 보던 신 팀장과 우연 앞의 그녀는 같은 사람인데 다른 사람 같다.

조금만 곁을 내어주면 될 텐데, 마음을 말해주면 좋았을 텐데, 왜 각자의 마음 안에 벽을 쌓고 살아온 걸까. 이 마음은 왜 시간이 지나서야 보이는 걸까.

우연은 테이블 아래의 서랍에서 이쑤시개를 두 개 꺼내 하나를 신 팀장에게 건넨다. 잠깐, 그런데 신 팀장 이름이 뭐더라… 미경이… 미정이… 물어보면… 서운하겠지…? 그래, 이름 부르지 말자.

"나 싫어하는 줄 알았는데."

"싫지! 친해지고 싶은데 틈이 없잖아. 조금만 버티면 임원 승진인데 멋있게 서른아홉에 회사를 관두는 용기까지! 너무 부러워. 좋아할래야 좋아할 수 없지 않아?"

신 팀장이 말하면서 깔깔 웃는다. '싫다'의 반어법은 '좋다'임을 눈빛에 담아 건네는 신 팀장의 웃음에 우연도 함께 웃으며 멋쩍은 표정을 짓는다.

"나 안 좋아하는 줄 알았지. 그런데 내가 전에 콜 포비아라고 말했잖아. 텔레마케팅 회사 팀장이 전화 공포증으로 권고사직 받은 건데 불쌍하지 않아? 이래도 싫어?"

"그게 제일 부러워. 솔직히 우리 일 오래하면 전화공포증 가끔 오잖아. 나도 전화벨 울리면 어디로 도망가고 싶더라. 힘들 땐 한번씩 쉬어가는 용기도 필요하잖아."

"별게 다 부럽다. 그럼 이제부터 우리 친구 하면 되겠네. 가끔 만나 밥 먹자."

"정말? 친구 끊긴 지 오래거든. 너무 좋다!"

명쾌하고 단순한 신 팀장이 대답하며 거울을 꺼내 우연이 건넨 이쑤시개로 고춧가루를 뺀다. 신 팀장의 눈 밑에 다크서클이 진하게 내려와 있다. 잠을 제대로 자지 못한 눈치다. 충혈된 눈은 피곤해 보인다. 그래, 우리 사는 일은 각자 너무 힘들지.

"근데 우연 팀장, 컨디션 나아지면 재취업 생각은 전혀 없어? 박 상무가 조만간 회사 차려 독립하는데 우연 팀장에게 연락할 거라는 소문이 돌던데?"

신 팀장의 말에 우연은 냅킨으로 입을 닦으며 고개를 절레절레 흔든다.

"박 상무님이? 그럴 리가. 연락 온다 해도, 나 하고 싶은 일이 생겼어."

"하고 싶은 일? 서른아홉에 말이지? 멋있다! 계획이 있었구나? 뭔데? 나 점심시간 10분밖에 안 남았다, 빨리 말해줘."

박수를 치는 신 팀장에게 손사래를 치는 우연의 볼이 발그레해진다.

메리골드에 다녀와 마음꽃 값을 치르기 위해 지은이 제시한 세 가지를 지키며 오랫동안 품고 있던 꿈을 꺼냈고, 용기가 없어 시작하지 못했던 일을 더 이상 미루지 않기로 했다. 40대에서 50대로, 60대에서 70대로, 그 너머로도 삶은 계속되니까.

하지 않고 후회하기보다 후회하더라도 가보는 거다. 해도 후회, 하지 않아도 후회라면 해보고 나서 후회하는 편이 최소한 가보지 않은 길에 대한 미련은 덜 수 있으니까.

"일단 실업급여가 남은 동안 나를 좀 더 보살피기로 했어. 지금은 심리 상담도 받고 있어. 일주일에 한 번인데 도움이 많이 돼. 어제는 보습학원 국어 강사로 면접 보고 왔어. 전화상담 안 해도 되고, 학부모와 문자나 어플로 소통한대. 일주일에 3일씩 애들 가르치면서 동화를 써보려고."

"동화? 낭만적인데?"

"그런가? 지난주에 두 편 써서 공모전에 응모했어. 어떻게 될지 모르지만 일단 계속해 보려고. 마흔이 되는 나에게 주는 선물로 1년만 하고 싶은 일 하고 살아보기로 했어."

"대박…! 그럼 이제 동화 작가 되는 거야? 그동안 보면서 문장력이 남다르다고 생각했는데…. 역시 잘했네! 근데 자기 무슨 과 나왔지?"

"아직 습작이야. 나 문예창작학과 나왔거든. 회사에서 일하는 건 버거웠는데, 아이들이랑 연락하고 진도 봐주고 애들 성적 오르는 건 즐거웠어."

"역시 자기는 뭐가 달라도 다르다니까. 우연 팀장이 담당하는 애들은 선생님 좋다고 프로그램 연장도 많았잖아? 살할 섯 같아. 시간 일바 없네. 빨리 나가자, 내가 밥이랑 커피 살게."

"고마워, 신 팀장. 잘 먹었어. 다음 달 점심은 내가 살게."

"정말? 다음 달 점심도 나랑 먹을 거야?"

"그럼, 친구 하자며. 사실 나도 친구 별로 없거든."

"너무 좋지, 그럼 전화하면 받는… 아니다. 문자할게!"

우연은 신 팀장의 숨 가쁜 말에 함께 빠르게 고개를 끄덕인다. 강한 줄만 알았던 이의 속살도 한 꺼풀 벗겨보면 사실 이리 외롭구나. 식당 바로 옆 카페로 종종걸음을 옮기는 신 팀장의 팔을 살포시 잡아 멈추며 우연이 입을 열었다.

"신 팀장, 반차 낼 수 있어?"

"내 주제에 반차 쓸 수 있으려나. 무슨 일 있어?"

"아니, 혹시 버거워 숨이 턱 막히는 날 반차 내고 문자해. 신 팀장이 가보면 좋을 공간이 있어. 다녀오면 숨이 트일 거야."

"그래, 반차 내고 숨 쉬러 갈 날이 있으면 너무 좋겠다, 어떤 매력이 있는 곳인데 그래?"

"왜 그런 날 있잖아, 힘든 줄도 모르고 살았는데 살다보니 너무 힘들어 문득 보니, 너무 지쳤구나, 힘들다 싶을 때."

"있다마다! 뒤도 안 돌아보고 전속력으로 도망치고 싶은 날 있지. 그런데 문제는 갈 데가 없어…. 지난번엔 번아웃으로 고생하다가 결국 반차를 냈는데, 갈 데도 없고 뭘 해야 할지도 모르겠더라고. 점심에 카페에 가서 '쉬는 법' 검색하다가 애들 픽업 시간 다가오니까 또 어떡해. 저녁 먹일 게 없어서 장 보러 갔잖아. 그래도 분주하지 않게 장 보니까 기분이 좀 나아지더라? 지금 생각하면 분위기 좋은 데 가서 밥이라도 먹을걸 그랬어. 애들 나중 학비며 대출이자 생각하면 도망갈래도 일하게 되는 게 현실이잖아. 도망가고 싶을 때 도망갈 수 있는 사람도 대단한 거야."

"우리 신 팀장 고생했네. 장하네."

"내가 좀 장하지. 어머, 시간 다 됐다. 나 들어간다! 다음 달에도 내가 밥 사줄게, 안녕!"

"어. 문자할게!"

시계를 보며 뛰듯 빠른 걸음으로 들어가던 신 팀장이 다섯 걸음쯤 걷다 뒤를 돌아본다. 할 말이 있는 듯 머뭇거리다 손을 흔들고 회사를 향해 걸음을 재촉한다. 그녀의 뒷모습을 보며 우연은 조용히 혼잣말을 한다. 고마워. 그리고 핸드폰을 꺼내어 신 팀장에게 문자를 적는다.

― 다음에 도망가고 싶을 때 어디 갈지 모르겠으면 문자해. 마음의 대나무 숲이 필요할 때, 도망가기 좋은 장소 알려줄게. 다음 달 점심에 만나.

메시지 화면을 닫고 하늘을 본다. 눈부신 햇살에 절로 눈이 감긴다. 눈썹 위 관자놀이에 손으로 차양을 만들어 하늘을 올려다본다. 늦여름의 진초록 나뭇잎은 바람에 살랑거리고 매미는 힘차게 울어댄다. 우연은 눈을 감고 정면으로 햇볕의 온기를 맞이한다.

좋다, 좋아. 늦여름의 햇살을 가만히 느낄 수 있는 여유, 볼을 스치는 바람의 미세한 온도 차이를 느낄 수 있는 일상이라니.

"행복해…."

새어 나오는 생경한 단어에 놀라 두 눈을 뜬다. 누구의 음성인지 주변을 둘러봐도 우연 혼자뿐이다.

"가벼운 행복의 매일을 살아. 이 꽃처럼 기대하고 희망을 품으면서."

언니가 말한 가벼운 행복이 이런 건가. 우연은 햇살을 맞으며 더 걷기로 했다. 마음이 내킬 때까지 걸어보자. 운동화를 신고, 가방엔 물병도 있고, 원하는 대로 갈 수 있으니 마음 내키는 대로. 가보자. 발길 닿는 대로, 바다처럼 자유롭게, 햇살처럼 따뜻하게. 우연의 발걸음에 맞추어 핸드폰 진동이 울린다. 문자를 확인한 우연은 탄성을 내뱉는다.

― 기우연 님 축하드립니다. 신진 작가 동화 공모전에서 우수상에 선정되셨습니다.

쏴아아, 쏴아아.

타는 듯 뜨거운 여름 하늘 아래 초록 바람이 우연에게 분다.

"마침표는 말이야, 쉼표라는 뜻이기도 해. 끝은 또 다른 시작을 의미하니까."

지은의 말이 귓가를 스친다. 점을 찍는다는 건 다음 페이지를 넘기라는 뜻이기도 했구나.

"조만간 메리골드 가는 기차표 사야겠네."

연락처에서 엄마를 검색해 통화 버튼을 누르려다 고민한다. 눌러… 말아…?

"천천히 하자. 문자로 보내야지."

공모전에 붙었다는 문자를 캡처해 하트 이모티콘과 함께 전송하고 백팩을 고쳐 맨다. 뜨거운 여름 공기가 불쾌하지 않다. 달콤한 냄새가 난다. 버터 냄새와 딸기향이 풍기는 방향을 향해 코를 킁킁거리니 베이지색 간판의 아담한 빵집이 있다.

"마음 빵집이라고? 메리골드 마을에서 오신 분인가? 우연이 아니라 운명이네. 일단 들어가 보자."

이곳에 들어오시면 좋은 일이 생길 거예요.

입구 유리창에 손 글씨로 적힌 글자를 읽으며 문을 열고 들어간 우연이 케이크 진열장 앞에 선다. 먹고 싶지만 비싸서 안 사 먹던 딸기 타르트가 눈앞에 있다. 침을 꿀꺽 삼킨다.

"어서 오세요, 천천히 보시고 필요한 거 있으시면 말씀하세요."

"네, 저 딸기 타르트 하나 포장해 주세요. 혹시 꽃 모양 초도 있나요?"

"몇 개 드릴까요?"

"하나만 주세요. 고맙습니다."

친절한 직원이 딸기 타르트를 포장하는 동안 웃음이 새

어 나온다. 참으려 해도 참을 수 없는 게 행복인 건가. 문자를 여러 번 다시 읽으며 양손으로 얼굴을 가린다. 타르트와 초를 건네는 직원의 얼굴에도 우연처럼 웃음이 번진다.

"오늘 좋은 일 있으신가 봐요."

"네, 저를 축하해 주고 싶은 날이라서요."

"축하드려요. 맛있게 드세요."

"네, 고맙습니다."

얼른 집으로 돌아가 초를 켜야지. 빵집 문을 열고 나서는데 빌딩숲 사이의 가로수에서 매미가 세차게 울어댄다. 회사에 있을 땐 시끄럽게 들렸는데, 이제는 매미 울음도 축하 팡파르처럼 들려 발걸음이 흥겨워진다.

우리 삶이 매일 춤이라면 얼마나 좋을까. 그리 할 수 있을 것 같다. 춤을 추는 이는 나 자신이니까. 가만… 이거 동화 소재로 써도 되겠는데. 수첩을 꺼내 메모를 하고 다시 걷는다.

"오늘은 감사 일기 길게 쓰겠네."

맴맴맴—

맴맴맴맴—

여름이 한창이다.

자괴감에 휩싸여 실패로 남길 뻔했던 과거는 이제 인생의 여러 챕터 중 하나로 남게 되었다. 인생이라는 책의 다음 챕터를 열면 언젠가는 끝이 나고, 또 다음 장이 기다리고 있을 것이다. 기대가 된다.

마음 식물원은 윤지가 근무한 뒤로 손님이 늘어났다. 지역 커뮤니티에 소개 글을 올리니 마음 식물을 피우는 손님뿐만 아니라 꽃이나 나무를 구매하고 싶어 하는 손님들도 방문한다. 이들에게는 마음 상태에 어울리는 식물을 추천해 주고 꽃말과 관리 방법을 알려주는 식물 테라피를 하고 있다.

"사장님, 화분이 점점 늘어나는데 낡은 공장 외관 느낌을 살려서 철제로 장을 짜고 아래에 바퀴를 달아서 창문 없는 양쪽 끝에 세우는 거 어때요?"

"안 그래도 필요하던 참이었는데, 딱 좋다! 역시 전공자는 달라. 윤지 씨 온 뒤로 우리 식물원이 활기차졌어. 내가 직원을 참 잘 뽑았어."

"그럼요. 요즘 식집사들도 많고, 꽃이나 나무만 키워도 정서적으로 힐링이 되거든요."

"식집사가 뭐야? 식사 대접하는 집사님들이 아직도 계셔?"

"에? 무슨 말씀이세요. 사장님 이럴 때 보면 완전 옛날 사람 같다니까. 식물을 정성껏 키우는 사람들이요! 식집사!"

윤지의 놀림에 지은은 머리를 긁적인다. 옛날 사람이라는 거 아직 말 안 했는데 어찌 알았지, 역시 요즘 젊은이들은 똑똑해, 하며 흐뭇하게 윤지를 바라본다.

"흙이 왜 이리 안 빠지지? 아… 화분 안에서 뿌리가 오래 자라 엉겨 붙었네. 사장님, 저 좀 도와주세요!"

"어떻게 도와줄까?"

"손님이 몬스테라 분갈이를 맡기고 가셨는데 화분 안에서 뿌리가 많이 자라 도저히 안 빠져요."

"그거라면 내게 맡겨!"

지은이 눈동자를 빛내며 양팔을 저어 두어 번 원을 그리자 화분을 향해 빨간 꽃잎이 날아간다. 빨간 꽃잎은 손뼉 치듯 화분의 양 옆으로 날아가 쩽그랑 화분을 깬다.

"사장님! 깨는 건 저도 할 수 있어요! 아무 때나 마법을 쓰시면 어떡해요!"

"그래도 직접 깨면 다칠 수 있잖아. 얘는 어떤 화분에 옮겨 닮을까, 사각 무광 그레이 화분 어때? 이쁘지? 그것도 내가 할까?"

"아니요 사장님! 그냥 제가 할게요, 제가."

윤지가 한숨을 쉬며 화분에 흙을 채운다. 집에서 키우기 좋은 몬스테라는 관리만 잘해주면 수십 년을 살 수도 있는 식물이라 두 번째 화분은 뿌리가 자랄 여유를 주며 심는다. 꽃잎들이 깨진 화분 조각들을 그새 정리했다. 지은이 어떻게 마법을 쓰게 되었고 어떤 사연이 있는지 궁금하지만, 지은이 그랬듯 윤지도 먼저 말을 꺼내지는 않기로 했다.

무슨 일을 할까 둘러보던 윤지는 힘이 없는 식물에 영양제를 주려 높은 찬장에 손을 뻗어 영양제를 꺼낸다. 앰플 형태의 기다란 영양제를 흙 속으로 찔러 넣자니, 시험관 시술을 할 때 배에 직접 호르몬제 주사를 찌르던 시절이 떠올라 고개를 세차게 흔든다.

"윤지 씨 괜찮아? 냉차 한 잔 줄까?"

"잠시 어지러워서요. 캐모마일 될까요?"

"잠시만 기다려."

얼음을 꺼내어 컵에 담는 소리를 들으며 윤지는 천천히 식물원 안을 걷는다. 가끔 힘든 기억이 올라올 때 초록잎과 꽃들에 시선을 두고 심호흡을 하면 진정이 된다. 윤지는 주사를 하도 많이 찔러 멍 자국이 가득한 배에 그래도 덜 아플 만한 곳을 찾아 주사를 놓던 기억이 떠올랐다. 아이만 가질 수 있다면 다 괜찮을 거라 생각하고 참아내던 일들이 사실은 참 버거웠던 모양이다.

"캐모마일 아이스 나왔습니다. 무슨 일 있는 거 아니지? 위로차 줄까?"

"고마워요 사장님. 위로차 마실 정도는 아니에요. 화분에 영양제를 주는데 시험관 할 때 배에 주사 찌르던 기억이 잠깐 떠오르지 뭐예요. 이제 괜찮아요."

차를 마시고도 가늘게 입가가 떨리는 윤지의 팔짱을 끼고 지은이 발걸음을 맞춰 걷는다. 지은과 함께 천천히 걷던 윤지가 잠시 걸음을 멈춘다. 입가 경련도 멈춘다.

"전부터 궁금했는데… 이 기계는 왜 여기 있어요?"

"여기가 오래전에는 정미소였거든. 역사를 남겨두고 싶어서 도정기를 일부러 남겨두었어."

"어쩐지… 그래서 여기만 들어오면 배고픈가 봐요. 근데 바닷가 앞에 정미소가 있었어요? 소금 공장이 어울릴 거 같은데."

"그러게, 일이 안 들어와서 내가 인수했어. 국화를 좋아해서 쌀 넣는 자리에 심었지. 이쁘지 않니?"

"이질적이지만 멋져요. 왜 하필 하얀 국화예요? 추모할 때 쓰잖아요."

"잊지 않으려고. 보고 싶은 사람들이 있는데 못 만났거든. 그리운 마음이 들 때마다 국화에 물을 주고 있어."

속내를 드러내지 않아 좀처럼 보이지 않던 쓸쓸함이 지은의 얼굴에 드리우자 윤지가 오른팔을 들어 힘을 줘 보인다.

"사장님, 이런 일 하면 어깨 근육 발달하는 거 아시죠? 슬플 땐 제 어깨 빌려드립니다. 기대세요."

"든든한데? 고마워. 필요할 때 말할게. 식물들 햇빛 받게 천장 좀 열자."

처음 봤을 땐 햇살처럼 환한 사람인 줄만 알았는데, 가까이서 본 지은은 사뭇 달랐다. 얼굴 왼편에는 밤하늘의 달처럼 우수에 찬 슬픔이 걸려 있고, 오른편에는 햇살 같은 밝음이 걸려 있다. 해와 달이, 낮과 밤이 한 사람에게 공존할 수 있음을 지은을 보고 알았다. 천장 개폐기 레버를 돌리는 지은의 얼굴이 이번에는 오른쪽이다.

"사장님도 행복하세요. 꼭이요."

※

"아가 어디 갔니, 우리 아가 어디 갔니… 엄마 손 놓지 마, 아가…!"

"사장님, 일어나 보세요, 땀이 흠뻑 젖었네, 또 악몽 꾸셨어. 이 더위에 선풍기도 안 틀고! 물 좀 드세요."

"아가? 연자여? 아이고… 숨 차라… 깜빡 잠이 들었고만… 요즘 들어 자주 이러네…."

우리 분식 사장이 엎드려 잠들었던 빨간 테이블에서 힘겹게 몸을 일으키자 연자가 컵에 물을 가져와 입에 대어준다. 목을 축인 뒤 선풍기를 틀고 손수건으로 우리 분식 사장의 땀을 닦는다.

그녀가 알츠하이머 초기라는 걸 알게 된 뒤로 연자가 분식집 운영을 도맡았다. 다행히 우리 분식 사장은 대소변도 잘 가리고 길을 잃지도 않지만 그 대신 잊는 게 많아졌다. 그리고 요즘에는 악몽을 반복해 꾼다. 피를 나누진 않았지만 가족이나 다름없는 연자가 우리 분식 사장의 곁을 지켜주어 서로에게 다행인지도 모른다.

"연자야, 나가 딸을 낳은 적도 없는디 왜 꿈에선 딸을 잃어버리나 몰러. 아가 손을 잡을라 치면 회오리에 휩쓸려 사라져. 어찌나 생생한지 이편이 생시인지 저편이 생시인지 헛갈리더라고. 야속하게 얼굴을 안 보여줘. 머리카락이 짧고 피부가 까맣고 깡말랐어."

"그런 여자를 본 적은 없어요?"

"한 번도 없으야. 아이고 심장이여…."

"혹시 딸이 있었던 거 아니에요?"

"나가 아무리 알츠하이머라도 딸이 있는 걸 잊어버릴라고! 죽기 전에 아가 한 번이라도 안아주고 싶어. 꿈이어도 가슴이 미어져. 아가 손을 잡을라 치면 미끄러져 놓치고 깬다니께."

"잘 생각해 봐요. 드라마 보면 기억상실증에 걸려서 다 잊어버리잖아요. 그런 거 아니에요?"

"그럴랑가? 껄껄. 나가 사는 거 자체가 드라마여. 나는 연자 자네 보면 우리 사촌 언니 생각나. 남편 일찍 여의고, 언니가 아들 상수를 혼자 키웠잖어. 조실부모한 나도 가족처럼 잘 챙겨주던 언니였는디…."

"상수 씨가 친동생이 아니었어요?"

"친동생이나 매한가지지 뭐가 중하겄어."

"눈물 나네요…."

"지 엄마 장례 치르고 입 꾹 다물고 암것도 안 먹는디… 속이 타들어가게 아파서 안 되겄다 싶은거. 온 집에 챔기름 냄새 돌게 김밥을 산처럼 말았더니 그제야 상수가 묵드라고. 나랑 둘이 얼매나 정신없이 김밥을 먹었는지. 그제야 살겠대."

"김밥이 살렸네요. 그래서 사장님이 김밥을 파시는 거예요?"

열 번도 넘게 들은 이야기를 처음 들은 듯이 맞장구치며 우리 분식 사장의 헝클어진 머리를 정리해 준다.

"맞어. 엄마 보고 싶어서 울던 애가 김밥을 양손으로 막 집어 먹는 게 어찌나 이쁘던지. 그전까정 사는 재미가 별로 없었거든. 체할라 작은 등을 살살 문지르는데 아가 너무 말라서 한쪽 가심이 찌르르…."

"사촌 조카니까 가족이긴 했지만, 더 가까운 가족이 될 운명이었나 봐요."

"으잉 맞으. 돈 벌러 섬에서 나와 메리골드에 와서 오늘까지 왔제. 섬마을 사람들이 도와줄라 카는디 부담시럽고 젊은 마음에 겁나서 방을 뺐어. 그땐 그르케 사람들의 시선이랑 말이 무섭드라고."

"젊어서 그래요 젊어서. 지금은 누가 뭐라 하건 말건 그러려니 하는데 말이죠."

연자도 유부남인 줄 모르고 속아 아들을 임신해 낳아 키우며 사람들의 말과 시선에 남몰래 울던 시절을 떠올린다. 인생의 불운이 아이에게 옮겨 갈까 노심초사하던 날들이었다. 그래도 다행이다. 시간이 흘러 지나가고 오늘은 이리 마음 맞는 사람과 이야기 나눌 수 있으니. 우리 분식 안에는 낡은 선풍기가 탈탈 돌아가고 물을 한 모금 마신 우리 분식 사장이 입을 연다.

"배 타는 터미널에서 어디로 가야 하나 막막해서 보는디 메리골드라는 이름이 이쁘더라고. 꽃 이름이잖어. 우리도 행복해질 수 있을까 싶어 왔지."

"그래서 여기 오신 다음엔 편안해지셨어요?"

"응, 여기선 묻지를 않대. 상수 키우고 김밥집 하고 사람들 밥 먹이는 재미에 살아지대. 살다 보면 살아지는 게 얼마나 감사한 일이여. 메리골드서 밥 해먹고 살며 행복했응께, 해피엔딩 아니겄어?"

"그렇죠? 조금 있으면 상수 씨 올 시간이네요. 오늘 상수 씨가 자주 가는 바닷가 앞 식물원으로 나들이 가신다고 했잖아요."

"오매 그려? 나들이 가는 날이여? 참말로 잊는 게 많아. 허허. 그래도 김밥 마는 법은 안 잊어 다행이여, 나가 열 줄만 말아서 갈게. 사람들이랑 노나 먹구로."

"열 줄이나요? 힘드시면 제가 쌀게요."

"아녀 아녀, 정신 온전할 때 나가 싸고 싶어. 좀 있음 이 거도 못 할 거 아녀. 정신 온전할 때 미리 말해두고 싶네, 그간 고마워 연자야."

"왜 그런 말씀을 하세요, 요즘 약이 좋아져서 초기 상태로 오래 간대요. 그럼 사장님이 김밥 좀 말고 계세요, 저는 휠체어에 먼지 털고 있을게요, 잠시만요."

연자는 뒤돌아 손등으로 눈가를 훔친다. 시간도 흐르고 계절도 흐르고 사람도 흘러가지만 가족과 이별의 시간이 흘러가는 걸 목도하는 건 괴롭다. 피가 섞여야만 가족인가, 서로를 진심으로 위하고 아끼는 다정의 매일이 모이면 가족이지.

희생과 배려를 강요하고 부당한 행동도 '가족이니까'라

며 정당화하는 이들 때문에 남보다 못한 게 가족이라는 말이 생겼지만, 남이라서 오히려 적당히 가까울 수 있는 사이가 메리골드에서는 서로의 가족이 되어준 게 아닐까. 그러고 보면 피가 섞인 가족도 귀한 손님을 대하듯, 아끼는 친구를 대하듯 배려하고 조심한다면 다정한 관계가 될 수 있지 않을까.

연자는 아들 재하에게 그런 가족이 생기기를 소망한다. 휠체어에 먼지가 없는데도 괜스레 바퀴까지 닦으며 연자가 훌쩍인다. 우리 분식 사장은 주름이 깊게 파인 손으로 김밥을 꾹꾹 눌러 말다 말고 연자를 본다.

"연자야, 지우개로 지운 것처럼 암것도 생각 안 나서 좋은 것도 많어. 힘들었던 건 생각나지 않고 아가가 된 듯이 새롭고 좋다니께. 한 개도 지루하지가 않어. 즐거운 것만 아는 날들이 살머 얼마나 되겄어."

"그래도요…."

"나는 지금이 가장 편안한 거 같어. 모든 일에는 좋은 점도 있고 힘든 점도 있는겨. 이 손바닥 뒤집는 것처럼 어느 편을 보느냐에 따라 다른 거 아일까 싶어. 워메, 김밥에 당근을 안 넣고 계란만 잔뜩 넣었네. 내 정신 좀 봐."

"저 당근 안 넣은 김밥 좋아해요. 제가 먹을게요."

"우리 연자가 당근을 싫어했구만, 애기 맹키로?"

"네, 썰지 말고 주세요. 들고 크게 베어 먹게."

연자가 우리 분식 사장의 어깨를 감싸 안고 얼굴을 기댄다. 사장에게서 고소한 냄새가 난다. 연자가 김밥을 천천히 씹으며 우리 분식 사장의 등을 살살 문지른다. 마치 등 뒤에 마음이 보이는 양, 기억나지 않는 시절의 응어리진 마음이 녹아내리듯 풀리길 바라는 것처럼.

 김밥을 천천히 씹으며 맛을 음미한다. 짭짜름한 맛과 달콤한 맛, 고소한 맛이 동시에 입 안에 번진다. 생의 맛인가. 뭉글하다. 생을, 아니 김밥을 씹어 넘긴 연자가 라디오를 켠다.

 "반복해서 자주 꾸는 꿈이 있나요? 꿈은 때때로 마음을 비추는 매개가 되기도 하지요. 저는 지난밤 꿈에 놀이동산을 다녀왔어요. 바쁜 일정으로 힘들었던 차에, 신나게 놀고 싶은 마음이 꿈에서 해소된 걸까요?"

 디제이의 목소리를 들으며 연자는 우리 분식 사장의 반복되는 꿈을 다시 곰곰이 생각해 본다.

 "안녕하세요."

 "상수 씨, 일찍 퇴근하셨네요?"

 "네, 누나랑 시간을 오래 보내고 싶어서요."

 "잘하셨어요. 김밥 좀 드세요."

 "가서 먹을게요. 아마 누나가 김밥을 산처럼 굉장히 많이 쌌을 테니까요."

 김밥에 재료를 빼 먹을라 중얼거리며 김밥만 싸고 있는

우리 분식 사장을 보며 상수가 말한다. 연자는 고개를 끄덕이며 동의한다. 김밥을 다 싼 우리 분식 사장이 잠시 멍하니 허공을 응시하다 뒤를 돌며 천진한 눈빛으로 연자를 본다.
"아줌마, 나 배고파. 왜 밥 안 줘?"
"방금 먹었는데 배고파?"
연자는 익숙하게 어린아이를 대하듯 대답한다.
"언제 먹었어, 치. 나 배고프단 말이야. 자기들끼리 밥 먹고. 아저씨, 나 배고파!"
"그래, 밥 먹고 가자."
"이거 다 먹을 거야. 그런데 아줌마, 아저씨는 누구야? 친절하네, 얌얌."
자신이 싼 김밥을 허겁지겁 먹는 사장이 흘린 음식을 닦으며 연자가 김밥 다섯 줄을 말이 도시락 통에 넣는다.
"금세 배고프다고 하실 테니 이거 가져가셔서 드세요."
"고맙습니다. 벌써 두 줄을 다 먹었어? 배가 빵빵하네, 그만 먹을까?"
"싫어, 나 배고프단 말이야! 더 먹을 거야!"
"체하지 않게 꼭꼭 씹어, 그렇지, 착하네. 그런데 도시락 통이 세 개나 되네?"
"이건 줄 사람 있어. 비밀이야. 아저씨 거 아니야."
우리 분식 사장은 김밥을 연신 욱여넣다 말고 도시락

통을 꼭 끌어안는다. 빼앗길 새라 소중하게 끌어안을 걸 보고 상수는 고개를 끄덕인다. 도시락 통을 품에 안고 두 손으로 김밥을 먹는 누나의 입가를 닦아준다. 누나를 돌볼 수 있는 기회가 생겨 참 다행입니다, 하는 속마음은 깊숙이 넣어둔다.

여름의 해는 뜨겁고 매미도 한 철의 노래를 크게 부른다. 슬픔을 대신 울어주듯, 목청 다해 크게도 운다. 매미의 울음소리가 거센 이유는 울지 못하는 이들의 울음을 대신하기 때문 아닐까.

"저희 다녀올게요, 고마워요 연자 씨."

"그래요, 즐거운 시간 보내고 오세요. 방금처럼 가끔 언니가 여기 어디냐고 묻더라구요, 상수 씨한테도 그래요?"

"네. 지난주부터 잘 지내다가도 어디냐고 한번씩 물어요."

"사람은 아이로 태어나 다시 아이로 돌아간다더니… 우리도 나중엔 그리 되겠지요? 참, 언니한테 화장실 가고 싶은지 시간마다 물어보시고요. 혹시 모르니 여기 성인용 기저귀, 바지, 티셔츠 넣었으니 들고 가시는 게 좋겠어요."

"네, 매번 감사합니다."

"감사는요. 사장님이 우리에게 베풀어 준 따뜻한 마음에 비하면 이건 일도 아니에요."

미소를 머금고 정중히 인사를 하는 상수를 향해 연자도

인사를 한다.

"아줌마 우리 다녀올게! 빠빠이."

인사하는 우리 분식 사장의 얼굴이 천진하다. 연자는 행복한 순간을 기억하고 싶어 시야에서 멀어질 때까지 바라본다.

"사장님 배고파요. 돈가스 되나요?"

문 앞에 단골 고등학생이다. 연자는 활짝 웃으며 고개를 끄덕인다.

"그럼, 이제 학교 끝난 거야? 학원 가기 전에 든든히 먹고 가야지. 더우니까 슬러시 따라서 먹어."

"네…."

"왜 풀이 죽었어. 학교에서 무슨 일 있었어?"

"아 글쎄 담임이요…!"

연자의 등 뒤에서 학생이 슬러시를 쭉 들이키며 성적이 떨어져 담임에게 한 소리를 들었다고 하소연 한다. 연자는 추임새를 넣으며 돈가스를 2인분 튀긴다. 속이 상할 땐 배 속을 든든히 채워야 힘이 난다고 우리 분식 사장님이 말했으니까. 선풍기는 탈탈 돌아가고 일상도 뱅글뱅글 돌아간다.

"이번 생에는 유독 밥이 맛있네…."

마음 세탁소를 운영할 때 우리 분식 사장이 매일 밤 김밥 두 줄을 말아 문에 걸어두면, 먹기 귀찮아도 성의가 고마워 챙겨 먹던 지은이었다. 그때는 확실히 알약 한 알로 에너지를 채울 때보다 몸에 힘이 돌았다. 바로 전 생에서는 고양이 레이지로 사느라 맛있는 걸 못 먹었으니 이번 생에는 맛있는 음식을 많이 먹을 테다, 하고 요리책을 펼쳐 서툰 칼질로 재료를 손질하고 양념을 조합하다 보니 지은에게도 먹는 즐거움이 생겼다.

"백만 두 번째 삶에야 비로소 나를 먹여 살리는 일이 즐거워지다니, 별일이네. 아니지, 이게 사는 일인데. 별게 다 별일이야."

지은은 기지개를 켜고 일어나 냉장고를 열어 재료를 살핀다. 전날 사둔 크루아상을 먹을까 하다 된장국을 끓이기로 했다. 따뜻한 식탁을 차리는 행위는 자신을 위한 치유 레시피와도 같다. 탕탕탕 도마에 칼이 부딪히며 내는 경쾌한 소리를 들으며 재료를 손질하다 보면 마치 음악을 연주하는 느낌이 든다. 간단한 음식이라도 만들다 보면 스스로에게 엄마가 되어주는 기분이랄까. 엄마도 내가 먹는 모습을 보면 한껏 기뻐했으니까.

"그러고 보면 우리 분식 사장도 내가 먹는 걸 보면서 엄마처럼 좋아했는데 말야. 아줌마 보고 싶네."

우리 분식 사장을 생각하면 절로 미소가 지어진다.

"조만간 김밥 먹으러 가야지. 외모가 변했으니 못 알아보려나? 그럼 이렇게 말해야지. 아줌마, 이 건물 얼마야? 내가 살게."

지은이 메리골드에 와서 우리 분식에서 김밥을 먹고 사장에게 했던 말을 다시 해본다. 앞에 우리 분식 사장이 있기라도 한 듯, 목소리 톤을 바꾸어 대답한다.

"이 건물을 아가씨가 어떻게 사, 머리가 아픈겨? 아가씨 돈 많어?"

"음… 많다면 많지."

"워메, 집이 부자여?"

"돈이 얼마나 있으면 부자라고 할 수 있지? 열심히 벌긴 했는데 어느 순간부터는 돈 쓰는 재미가 없더라고. 안 쓰니까 모여. 그래서 많아. 아무튼 누가 주인인지만 알려줘. 건물 가격은 세 배로 쳐준다고 해. 대신 아줌마는 지금 월세 반으로 깎아주고 평생 동결."

우리 분식 사장과 나누던 대화를 떠올리니 그날이 어제처럼 생생하다.

"육수 끓는다, 불 줄여야지."

멸치와 다시마 넣은 육수가 넘치려 하자 불을 줄이고

감자, 애호박, 양파, 버섯, 두부를 넣고 파르르 끓인다. 우연은 닭도리탕이 부글부글 끓고 있는 걸 보면 살아 있음을 느낀다 했는데, 지은은 된장국이 열렬하게 끓을 때 살아 있음을 느낀다. 생이 이 안에서 어우러져 끓고 있달까.

맛있는 냄새가 솔솔 올라와 불을 끄고 그릇에 국을 뜬다. 달걀을 하나 톡 까서 프라이를 한다. 갓 지은 밥과 된장국, 달걀 프라이에 김치를 아삭아삭 씹어 먹으며 충만하게 아침을 시작한다.

"배부르다. 진짜 좋네. 언젠가 메리골드 사람들한테도 맛있는 음식을 해주고 싶다. 사랑하는 이들이 따뜻하게 배를 채우는 모습을 보고 싶어. 결심했어, 내일은 꼭 용기를 낼 거야."

내일은 보고픈 이들에게 가보리라 다짐하며 지은은 설거지를 하고, 식물원의 나무와 꽃들을 손질하기 시작한다. 시든 잎을 잘라내고, 커져서 화분이 작아진 식물은 옮겨 심는다. 흙을 채우고 물을 주며 손으로 토닥토닥 새 집에서도 잘 자라라 말을 걸어준다.

식물에게 아름다운 말을 해주면 잘 자란다고 하는데, 지은은 사람도 식물도 온기와 애정을 가지고 가꾸면 반질반질 윤기가 나는 점이 비슷하다고 생각한다. 식물에게는 자가 치유 능력이 있는데, 이렇게 스스로 상처를 치유한 식물을 보면 자연스레 인간의 삶을 떠올리게 된다.

분갈이를 마치고 바다 앞으로 난 창을 여니 아침 바람의 온도가 제법 달라졌다.

"바람에 가을 묻었네. 코끝에 가을 걸렸어."

어제까진 여름이 한창이더니 9월이 시작되자마자 진초록이던 나뭇잎이 부분적으로 노랗게 변하고 있다. 어떤 나무는 성미 급하게 벌써 낙엽이 진다. 낙엽을 쓸며 꽃잎에게 말을 건다.

"무성하게 초록으로 싱그럽던 나무도 계절 가니 물이 들고 잎이 떨어지고 앙상한 나뭇가지로 겨울을 견디고 봄을 맞이해. 다시 잎이 피기 위해선 나뭇잎을 비워내는 시간이 필요한 거지. 사람도 나무처럼 쉬어가는 시간이 필요할 거야. 빈 가지가 있어야 새싹이 나지. 꽃도 피고."

지은의 말에 꽃잎들은 빗자루처럼 낙엽을 휘이 쓸어 모은다. 생각에 잠긴 지은은 한참 뒤 깨끗해진 바닥을 보며 환하게 웃는다.

"도와준 거야? 고마워, 꽃잎들아, 덕분에 빨리 끝났네! 오전 할 일도 끝났으니 이제 산책을 해볼까."

거울을 보니 짧게 자른 머리가 그새 어깨에서 찰랑거린다. 눈에 들어온 노란 고무줄로 대충 묶고 앞치마는 벗어두고 밖으로 나온다. 어차피 마음 식물원은 문이 없으니, 누구든 들어와 식물을 향유할 수 있다. 지은이 없어도 윤지가 있고 상수가 있고, 식물원을 다녀간 손님들이 다시 와서 물도 주고 시든 잎도 따준다. 이 공간은 모두의 것이다.

"바다와 정미소는 안 어울리는 것 같더니, 식물원은 제법 잘 어울려. 여길 사두길 잘했어! 내 선견지명 칭찬해!"

검은색 반팔 티셔츠에 남색 반바지를 입은 지은이 양 주머니에 손을 넣고 걸어 나와 마음 식물원의 전경을 바라본다.

이 건물은 마음 세탁소를 운영하던 시절, 사정이 어려워진 공장 사장 딸의 이야기를 듣고 제값보다 비싸게 사둔 곳이다. 이미 문을 닫은 지 오래된 낡은 건물이지만 온기가 느껴졌다. 딸은 할머니 때부터 운영되던 공장이고 다시 쓸 수 있는 집기도 없다며 비싸게 주지 말라 했지만, 아버지의 병원비에 보태라는 말에 눈물을 떨구었다.

그러고 보면 돌아와야 할 것임을 직감했던 걸까. 마지막 날, 꿈에서 깨 소명을 다해야 한다는 예감과 이 마을에서 자연스럽게 늙어가고 싶다는 소망이 생겨났다. 하지만 시간이 필요했다. 고양이 레이지로 살아가는 동안 천천히 그 답을 찾아가야 했다.

"정답은 사랑."

빙그레 웃으며 지은이 뒷주머니에서 노트와 연필을 꺼내어 모래사장에 털썩 주저앉는다. 빈 종이를 들고 한참 동안 바다를 바라본다. 고개를 돌리니 바람에 흔들리는 나뭇잎과 스르르 흩날려 구르는 모래가 시야에 들어온다. 세상에서 가장 아름다운 음악은 자연의 소리가 아닐까.

"…이제 답장을 할 수 있겠어."

바람의 노래를 들으며 지은이 아랫입술을 살짝 깨물고 노트에 천천히 글자를 적는다. 노트를 내려놓은 다리 위로 부드러운 모래알들이 굴러간다. 해변과 하나인 듯, 바다와 모래의 품에 안긴 듯 편안한 시간이다.

사랑하는 당신, 안녕하신가요?
바다에 부친 편지는 잘 받았어요.

그동안 마음 세탁소에서 사람들의 마음을 치유하며 내 능력을 완성했다고 생각했어요. 하지만 알고 보니 진정한 능력은 아직이었죠.

그날은 답을 알지 못해 시간이 필요했어요. 부여받은 소명을 완수하기 위해, 당신과 행복하게 살기 위해 돌아왔어요. 이제 저편이 고향인지 이편이 고향인지 분간되지 않아요.

고통은 지우고 싶은 얼룩이었지만 때로는 지혜를 알아가는 입구였어요. 두렵지만 문을 여니 고통도 슬픔도 나이

테의 일부분이더군요.

지나간 슬픔은 어제에 맡기고
오지 않은 고민은 내일에 맡기고
이제는 오늘을 살고 싶어요.

두 번 다시 오지 않을 오늘을…
어쩌면 두 번이 와도 좋을 오늘을 당신과 함께하고 싶어요.
당신이 있는 곳이 나의 집이니까요.

노트에 쓴 편지를 뜯어 손바닥 크기의 유리병에 돌돌 말아 넣는다. 물이 들어가지 않도록 코르크를 힘껏 밀고 바다에 던지니, 빨간 꽃잎들이 물음표를 그리듯 지은의 곁을 뱅그르르 맴돈다.
"왜 직접 전해주지 않고 바다에 던지냐고?"
꽃잎들이 고개를 끄덕이듯 위아래로 흔들린다.
"운명을 믿는 거지. 해인 씨도 바다에 부친 편지가 언젠가 내게 닿게 되리라는 걸 알았으니까."
바다는 파도가 넘나들며 제 할 일을 한다.
"모습이 바뀌어 금방 알아보지 못하려나?"
이번에는 주머니에서 반려돌 방글이를 꺼내어 묻는다.

"해인 씨가 찍어준 행복사진을 보여주면 알겠지?"

꽃잎들은 커다란 원을 그린다.

"일단 만나면 어떻게든 될 거야. 걱정을 한다고 걱정이 사라지지 않으니 일단 가보자. 내일은 정말 만나러 가는 거야!"

주먹을 불끈 쥐며 일어선 지은이 냅다 달리기 시작한다. 아마도 숨이 차서 헐떡거리고 땀이 날 때까지 달릴 것이다. 그러다 바다에 풍덩 뛰어들겠지. 검게 탄 피부에 주근깨가 늘어나건 말건 신경 쓰지 않고 바다에 안겨 있겠지. 들숨 하나에 그리움이 들어오고, 날숨 하나에 그리움은 배가 된다.

※

손에 들린 작은 여자아이 인형의 머리카락을 쓰다듬는 누나의 눈망울은 소풍 가는 어린아이 같다.

"아가야, 가서 마음껏 뛰어놀자. 애기 배고프지, 엄마가 맛있는 밥 줄게. 오후엔 무슨 간식 먹을까?"

인형에게 말을 거는 누나의 표정이 행복하다. 시장을 지나다 팔뚝만 한 길이의 여자아이 인형 앞에서 한참 동안 멈춰 서 있던 누나였다. 그 인형을 사주었더니 배고플 때가 아니면 역정을 내지도 않고 인형과 함께 행복한 모습이다. 자식이 없는 누나가 딸을 가지고 싶었던 걸까 생각하는 사이 목적지에 도착했다. 상수가 택시에서 먼저 내려 누나를 천천히 부축해 준다.

"저기 봐봐, 예쁜 꽃이며 나무가 참 많지? 실컷 꽃구경하다 바닷가 앞에서 도시락 먹자."

"좋아! 아저씨 최고네! 아가야, 너도 좋지? 우리 꽃구경 가자."

경계심 없이 마음 식물원으로 들어온 우리 분식 사장은 천장이 뻥 뚫린 식물원 내부 광경에 입을 벌리고 하늘을 올려다보다 작은 풀꽃에게 말을 건넨다.

"얘들아 덥지? 그늘 만들어 줄게."

누나의 말에 상수가 들고 있던 우산을 편다. 받아든 우산을 꽃에 씌워주는 누이의 다정함을 보며 상수의 마음이 울컥한다. 그동안 내가 받은 사랑이 저런 것이었구나. 뒤늦게 알게 된 사랑의 형체에 상수는 애써 입가에 미소를 짓는다. 누나가 밝게 웃으니 상수도 따라 웃는다.

"힘들면 여기 휠체어에 앉아. 저기 바다 보이는 창문 앞에 하얀 테이블에서 김밥 먹는 건 어때?"

"아저씨, 나 여기 너무 좋아! 아직 배는 안 고픈데… 우리 애기도 배 안 고프대!"

"그래, 나도 아직 안 고파. 찬찬히 보고 있어, 식물에 물 좀 주고 올게."

"응! 근데 아저씨, 밖은 엄청 더운데 여기 안은 가을 같아. 덥지도 않고 꽃들도 너무 고와! 담에 또 올 수 있어?"

"내일도 모레도 다시 올 수 있어. 마음 식물원은 누구에게나 열린 공간이거든. 사장님이 아주 좋은 분이셔."

"야호! 신난다! 아가야, 너도 신나지? 꽃구경하자."

우리 분식 사장은 식물들과 눈맞춤을 하다 다리를 절룩거리며 테이블에 앉는다. 갑자기 졸리네… 인형을 품에 안고 눈을 감는다. 얼마나 시간이 지난 걸까. 테이블에 엎드려 자다 깬 우리 분식 사장 앞에서 상수가 커다란 화분에 물을 준다. 평소에 감정 표현이 없는 상수가 기분 좋은지 땀을 뻘뻘 흘리면서도 콧노래를 부르며 즐거이 물을 주는 모습에 우리 분식 사장은 눈시울이 빨개진다. 콧물을 손등으로 슥 닦는다.

"이이고 잠이 덜 깼나, 주책이여! 좋은데 왜 눈물이 나는겨. 편안해 보여. 마음에 백힌 돌이 빠졌나벼. 감사합니다… 감사해요."

양쪽 어깨를 번갈아 들썩이며 우리 분식 사장은 흥겹게 노래를 부른다. 됐네, 그거면 됐어. 그렇지 잘했네, 가사도 음정도 뒤죽박죽인 노래를 부르는 누나를 상수가 본다. 눈이 마주친다. 그리고 웃는다. 눈도, 입도 함께. 우리 분식 사장은 연이어 노래를 부른다.

"행복하네 그랴, 행복해. 덩실덩실 행복해. 꽃들아 나무들아 반가워."

우리 분식 사장의 노랫소리에 빨간 꽃잎들이 날아와 덩실덩실 춤을 춘다.

"이쁜 꽃잎들이네. 잘 지냈는겨? 보고 싶었구만."

※

"투명한 구슬이 이리 보석처럼 이쁘다냐, 감추어 둔 마음도 들켜버릴 만코롬 맑으네. 오묘한 것이 이 안에 무지개도 있고, 바다도 있고, 숲도 있고, 나무도 있고, 꽃도 있고, 나비도 날아다니네 그랴."

우리 분식 사장이 어깨춤을 추다 테이블에 놓인 유리구슬을 발견하고 양손으로 고이 들어 코앞까지 가져와 살핀다. 이 작은 구슬 안에 온 세상 아름다움이 다 들었네, 호호. 웃다 보니 구슬 너머 마음 식물원 전경이 눈에 들어온다. 앉은 자리에서 오른편으로는 에메랄드빛 바다가 보이고 왼편으론 숲이 보인다. 이름 모를 아름다운 꽃과 나무가 가득하고 나비가 날아다니는데, 천장이 열려 있어 파도 소리와 바람이 나무를 스치는 소리도 들린다.

"시상에나… 낙원이네. 지금도 꿈은 아니겄제? 나가 증맬로 갈 때가 됐는지, 요렇게 아름다운 데에 다 와 있고!"

만약 오늘이 마지막 날이라면 여기서 눈을 감아도 충분

하다. 아름다운 소리에 귀를 기울이던 우리 분식 사장은 작게 한숨을 내쉬며 유리구슬을 품에 안고 어루만진다. 마치 사랑하는 이라도 되는 듯 정성스럽고 따뜻하게 끌어안고 입을 연다.

"만약에 말이여… 지금이 끝날이라면 욕심 좀 부려 볼라네. 세 가지 소원이 있어라. 상수가 배꼽에서부터 즐거워 웃는 거 보고, 메리골드 사람들 배 터지게 밥 멕이고 시답잖은 농담이나 주고받고, 꿈속에서 만난 애기를 한번 안아주고 싶어라."

쉬이이— 쉬이이—

우리 분식 사장이 간절한 소망을 빌자 싱그러운 페퍼민트 초록잎의 바람이 불어온다. 사장의 눈에서 뜨거운 눈물 한 방울이 떨어져 유리구슬에 닿는 순간, 초록잎 바람이 유리구슬로 빨려 들어가 오로라로 변해 하늘을 비춘다. 이윽고 천장이 닫히고 하얀색 데이지 꽃잎들이 눈처럼 흩날린다. 꽃잎이 내린 자리에 서서히 별과 달과 해가 동시에 뜨고, 유리구슬이 있던 자리엔 진한 보랏빛 리시안셔스 꽃다발이 피어난다. 우리 분식 사장이 환상적인 광경에 깜짝 놀라 왼손으로는 인형을 붙잡고 오른손으로는 앞치마 자락을 쥔다.

"끝날이 틀림없구먼…."

간절한 마음은 불가능한 일도 가능하게 이끌어 주는 것

인가. 그렇다면… 그렇다면….

※

 "배고파, 정말 배고파. 배고프면 냄새도 헛것이 나나? 익숙한 냄새가 나는데."
 해인과 메리골드 마을 사람들을 만나면 무슨 말부터 꺼내야 할지 몰라 웅얼웅얼 말을 되뇌던 지은이 익숙하게 풍기는 냄새에 걸음을 멈춘다. 냄새에 이끌리듯 꽃잎들의 재촉에 이끌려 들어간 식물원에 그리운 이가 앉아 있다. 아줌마다. 여기 어떻게 왔지? 나 없는 사이에 주름이 왜 이리 많이 늘었어!
 "뭐야, 다리도 불편한데 왜 찾아왔어! 혼자 온 거야? 뭐 타고 왔어? 기다리면 내가 갈 텐데."
 그 사이 늙어버린 우리 분식 사장에게 마음과 다른 말로 투덜대던 지은은 순간 아차 싶다. 맞다, 외모가 바뀌었지. 지은이 헛기침을 하며 눈가를 닦고 있는데, 우리 분식 사장이 다리를 절룩이며 걸어와 지은을 안는다. 고소하고 진한 참기를 냄새를 풍기며 떠날 때 선물한 빨간 꽃무늬 자수의 검정 실크 앞치마를 두른 우리 분식 사장이 지은의 등을 쓰다듬는다.
 "드디어 찾았구나… 엄마가 너무 늦게 왔지… 참말로

미안해….”

"아줌마 왜 그래, 무슨 일이야. 어디 아파? 나 얼굴 바뀌었다고 아직 말 안 했는데. 그런데 갑자기 엄마라니…?”

"엄마가 미안해… 기다렸지… 일찍 못 와서 미안해… 왜 이렇게 말랐어….”

"아줌마, 난 아가가 아니라 지은이야. 아줌마 내 이름 잊은 거 아니지?”

"한시도 너를 잊은 적 없어. 아가야… 드디어 얼굴을 보여주는구나. 매일 꿈에서 그리 슬프게 가더니….”

우리 분식 사장의 품에 안겨 있던 지은이 눈을 돌리자 상수가 자신과 함께 왔다고 말하며 사장이 조금 아프다는 사인을 보낸다. 지은이 이해했다는 듯 고개를 끄덕인다. 인간들이 나이가 들면 기억이 뒤섞인다더니 그 상황인가.

"아줌마, 꿈에서 나 닮은 아이 봤어? 그나저나 아줌마 너무 보고 싶었어.”

"엄마도 너무 보고 싶었어.”

"아… 알았어. 아줌… 아니 엄마.”

지은은 포기한 듯 우리 분식 사장의 말을 맞춰주기로 한다.

"꽃처럼 이쁜 아가… 지난 일은 네 잘못이 아니야. 큰 소명을 지닌 사람은 때론 큰 시련을 겪기도 해. 시련을 극복하며 능력을 꽃피우는 거야.”

그 순간 지은은 너무 놀라 우리 분식 사장을 바라본다.

"정말 엄마야?"

"엄마지 아가. 너무 보고 싶었어. 하지만 볼 수 없더라도 우리 딸이 틀림없이 잘 지낼 거라 믿었어. 그 믿음이 네가 곁에 없어도 나를 살게 했어. 혼자 지내서 외로웠지? 이제 엄마 왔어, 괜찮아."

"엄마…!"

지은은 혼란스러운 마음에도 그토록 부르고 싶던 엄마를 목 놓아 부를 수밖에 없다. 사실은 그 어느 순간에도 혼자이지 않았어, 엄마. 억겁의 세월 동안 꽃잎들이 곁에 있어 주었고, 우리 분식 사장의 모습으로, 다른 생의 이웃이자 친구로, 기억나지 않는 숱한 인연들이 나를 지켜주었어….

"고마워 엄마. 걱정하지 마. 나는 그 어느 순간에도 혼자가 아니었어."

슬픈 울음이 행복한 눈물로 바뀌자, 초록잎들이 회오리치며 지나간 자리에 진한 향기의 초록 세이보리와 우산대처럼 노란 꽃을 펼친 펜넬이 피어났다.

지은이 오른팔로 눈물을 닦고 펜넬의 꽃을 꺾어 우리 분식 사장의 귀 뒤에 꽂아준다. 주위로 번지는 진한 향기를 맡으며 두 사람이 서로 닮은 미소로 환하게 웃는다.

"내 마음 식물이 피었어. 세이보리는 사랑의 힘을 뜻하고, 펜넬은 지혜의 꽃이야. 나는 지혜와 사랑의 힘이라는 능력을 완성했어. 내 힘으로 말이야. 장하지?"

"잘했네, 정말 잘했어. 우리 딸 정말 자랑스러워."

"엄마, 나 이제 요리도 할 줄 알아. 펜넬로 맛있는 샐러드랑 수프 해줄게. 배고프지?"

"배고파? 엄마가 너 주려고 김밥 많이 싸왔어. 잠깐만 기다려."

지은이 배고프다는 말에 화들짝 놀란 우리 분식 사장이 다리를 절룩이며 하얀 테이블로 종종걸음을 걷는다. 지은을 향해 이리 오라며 손짓을 하고 자리에 앉은 우리 분식 사장이 고단한지 금세 고개를 떨군다.

"한 번이라도 다시 엄마를 불러보고 싶었어. 아줌마… 아니, 엄마. 고마워."

※

상수가 식물원을 보자마자 들어오고 싶었던 건 우연이 아니라 운명이었다. 두 사람의 아름다운 재회를 바라보며 상수는 숨죽여 운다.

"아이고, 달게 잤다. 근데 여가 어디여?"

잠에서 깬 우리 분식 사장이 깜짝 놀라 주변을 둘러보자 상수가 단번에 곁으로 달려왔다.

"누나 괜찮아?"

"상수 아녀? 괜찮여. 근디 이 고운 꽃다발은 뭐여? 여기는 어디고?"

"여기는 마음 식물원이고, 이 예쁜 보라색 꽃들은 누나의 마음이 꽃으로 피어난 거야."

"마음이 뭣이 어쨌다고? 요로코롬 신기한 데가 어디 있다냐."

반복되는 우리 분식 사장의 물음에도 상수는 지치지 않고 누나의 눈을 바라보며 침착하게 대답해 준다. 누나가 곁에 있어만 준다면 수백 번이라도 대답할 수 있다.

싱크대에서 세수를 마친 지은이 뒤를 돌자 빨간 꽃잎들이 어깨를 안듯 스르르 몰려온다. 언제나처럼 꽃잎들의 향기가 잔뜩 긴장한 지은을 편안하게 해준다. 지은이 어깨에 앉은 꽃잎들에 미소를 지어주고는 우리 분식 사장과 상수가 있는 테이블로 빠르게 걸어온다.

"아이고, 이 이쁜 처자는 누구여?"

방금 전까지 뜨거운 포옹을 나눈 사실을 잊은 듯 우리 분식 사장이 지은을 처음 보는 사람처럼 반긴다. 상수가 지은에게 귀엣말을 건네자 지은은 고개를 끄덕인다.

"그나저나 이 아가씨는 신발도 안 신고 맨발로 흙바닥을 돌아다니고 그려? 밥도 안 묵고 댕기나, 깡말랐구만. 이리 와서 김밥 먹어."

"마침 배고팠는데 잘됐다."

지은이 물기가 마르지 않은 목소리로 대답하고 우리 분식 사장 옆자리에 앉는다. 김밥을 바라보며 그저 먹먹해 젓가락을 들지 못하는 지은의 입에 사장이 김밥을 넣어준다.

"안 멕혀도 밀어 넣어야 해, 안 그럼 말라서 허리 꼬부라져! 근데 나가 이 말을 어디서 한 거 같은디… 아주 입에 착착 붙네. 오뎅 국물도 좀 마시고. 근데 아가씨는 이름이 뭐야?"

메리골드에 와서 우리 분식에 처음 갔던 그날처럼 이름을 묻는다. 대답하기 귀찮아 눈앞에 있던 '지은 마트' 전단지를 보고 말했는데, 그게 지은의 이름이 되었다.

"지은이."

"지은이? 예쁜 이름이네. 맛있게 먹고 다음에 올 때는 라면도 시켜 먹어!"

이곳이 우리 분식이라 여기는 듯한 사장의 말을 들으며 지은이 고개를 끄덕인다. 보온병에서 따라주는 오뎅 국물을 숟가락으로 휘휘 젓고는 파와 후추가 가득한 국물을 마신다. 따뜻하네, 국물이.

"아줌마 약속 지켰네? 음식 맛 유지하고 초심 잃지 말라고 했었는데."

"워메, 또 사람 볼 줄 아네. 내가 음식을 잘하긴 하지. 근데 아가씨는 왜 사람 보자마자 반말이여?"

"내가 보기보다 나이가 많아. 아줌마보다 오래 살았거든."

"껄껄 그려. 그렇다 치자. 오래 살았다 치자."

"근데 아줌마 앞치마 예쁘다? 어디서 샀어?"

"보는 눈이 있고만. 이 앞치마는 내가 아주 사랑하는 사람이 선물한 거여. 한 50세기 전에 사서 지금은 없다던디? 근디 50세기면 얼만큼인겨?"

우리 분식 사장은 앞치마를 만지작거리고 지은은 김밥을 양볼 가득 터지게 넣어 씹고 상수는 오뎅 국물을 따라 마신다. 지은은 지금 이 순간에 있으면서도 벌써 지금이 그립다.

'나는 오늘을 아주 많이 그리워하게 될 거야. 고단한 날 꺼내볼 따뜻한 이불 같은 순간이야…'

시간이 천천히 지나가길 바란다.

"잘 묵으니께 얼매나 보기 좋아. 내일 또 와! 두 줄 말아줄 테니까! 굶지 말고 챙겨 묵어."

"고마워. 나 지금 행복해 아줌마. 밥 다 먹고 산책 갈래? 바다 보러 가자."

지은이 우리 분식 사장의 손을 잡고 말한다. 아이처럼 맑게 웃으며 사장도 지은의 손을 맞잡는다. 상수가 휠체어를 펴고 두 사람이 양팔을 부축해 휠체어에 사장을 앉힌다.

"상수 씨가 아줌마 동생이었군요. 몰랐어요."

"사촌 누나예요. 사장님도 우리 누나를 아시는군요."

"우리 분식 단골이었어요. 그런데 아줌마한테 딸이 있었어요?"

"아니요, 꿈에서 어떤 아이가 나온다고 자꾸 그래요…. 당황하셨을 텐데 고맙습니다."

지은은 어깨를 으쓱 올려 보이며 괜찮다는 눈짓을 하고 휠체어를 밀기 시작한다.

"자주 와. 아줌마가 좋아하는 꽃 많이 피워놓을게."

※

"이가 고마워. 이제 외롭지 말어. 언제나 희망을 잃지 말어… 행복하렴. 너를 위해서."

눈물을 흘리며 우리 분식 사장이 꿈에서 깨어난다. 상수와 메리골드 마음 식물원을 다녀온 뒤론 꿈속의 아이가 얼굴을 보여주며 활짝 웃는다. 오늘은 꿈에서 다육 화분을 선물했다. 이제는 잠이 드는 것도, 꿈을 꾸는 것도 슬프지 않다.

"꿈속의 아이가 자라 다정하고 따뜻한 사람과 만나 결혼도 하고 엄마 아빠 닮은 예쁜 아이도 낳고… 그거까정 보고 가길 바라면 늙은이 욕심이 과한 건가. 콜록콜록….”

"어르신, 괜찮으세요? 땀을 뻘뻘 흘리시네. 닦아드릴게요, 잠시만요."

요양보호소의 주말 직원인 상미가 지나가다가 기침을 하는 우리 분식 사장에게 물과 손수건을 건넨다. 상미는 주중에 마트에서 파트타임으로 일하고 주말에는 메리골드에 와서 요양보호사로 일한다. 일전에 우연히 동창들과 메리골드에 여행을 왔다가 길을 잃고 마음 사진관에 다녀간 인연으로 메리골드에 이끌리듯 오게 되었다.

사실 상미는 주말에 메리골드로 쉬러 온다. 일을 마치고 우리 분식에서 연자가 말아주는 김밥 한 줄과 오뎅 두 꼬치가 주말의 행복이다. 가끔 소주 한잔 얼큰하게 걸친 날에는 김치 냄비 우동을 보글보글 끓여주는데 이것도 별미다.

주말 동안 다른 도시에서 오롯이 자신의 이름으로 일하며 퇴근 후에는 자신만 돌보면 되는 이편의 삶과, 푹 쉬고 돌아간 평일이면 아내이자 엄마로, 마트 직원으로 건강하게 임하는 저편의 삶이 어찌 좋지 아니한가.

"어르신 또 꿈꾸셨어요? 오늘은 밝아 보이시네요."

"응, 어차피 다 잊어버리겠지만 다행이여, 참말로. 기억이라는 게 꼭 기억하라고 있는 건 아니고… 잊어도 될 것은 잊어도 되는가 봐. 오늘은 기분이 좋아."

"그래도 어르신, 나쁜 일만 잊고 좋았던 일은 꼭꼭 담아 두셔요."

"아녀, 어찌 보면 잊는 게 오히려 축복이여."

"축복이요?"

"으잉, 나가 나이들어 봉께 밉고 힘들었던 것도 생각이 안 나. 그런 걸랑 깡그리 잊어버리고 좋았던 감정만이 가슴 속에 남으니께. 좋았던 일이 무엇인지도 자세히 기억나지 않지만 기분은 좋아. 그럼 된 거 아녀?"

"그런가요. 어르신 말씀이 맞아요."

"때론 잊어버리는 게 아름다운 일인 거여. 생의 마지막 소풍 떠나는 순간까정 미움과 아픔까지 간직하면 힘들어 우째 가. 다른 사람들은 모르겠고 나는 그래."

우리 분식 사장이 컵을 쟁반에 올려놓고 소중히 여기는 꽃 화분에 눈인사를 한다.

"꽃이 예뻐요. 파릇파릇 싱싱하니 우리네 젊은 날 같아요. 어르신은 젊은 날이 그립지 않으세요?"

"나는 한 개도 그립지가 않어. 나이 들어 이제야 행복해졌는걸."

"지금 행복하세요?"

"엄청. 젊을 땐 나중에 놀아야지 하믄서 일하느라 놀지도 못허고, 나이 들어 돈 써야지 생각하고 돈도 못 쓰고, 나이 들어 편히 쉬어야지 하고 쉬지도 못했잖어. 행복을 미뤘어."

"맞아요. 젊은 날엔 할 일이 왜 이리 많은가 몰라요."

"그라니께 젊은이도 놀아. 젊을 때 놀아야 혀! 하고 싶은 거 하고 먹고 싶은 거 먹고 명랑하게 힘든 일 툴툴 털고. 그리 지내다 보면 정말 재미진다니께. 믿어봐."

우리 분식 사장의 말에 상미는 귀까지 빨개진다. 젊은이라니. 쑥스럽지만 이곳 요양보호소에선 상미가 젊은 편에 속한다. 상미만 보면 피부가 어쩜 이리 뽀얗고 아기 같으냐며 할머니들의 주머니에서 사탕이 한 움큼씩 나온다. 사랑받는 기분이 이런 걸까.

"저도 마음 사진관에서 제 마음을 사진으로 찍어서 보기 전까지는 나를 귀하게 여긴다는 게 어떤 의미인지 몰랐어요. 내 삶의 주인은 나라고 하는데, 저는 마치 손님처럼 살았어요. 남들 눈치 보느라 놀지도 못했고요. 어르신 말씀 듣고 제가 한 수 배우네요. 고맙습니다."

"남덜 눈치 보지 말고 자기 눈치 보며 살아 젊은이. 내 속 들여다보며 내 눈치 보는 게 제일이여."

고개 숙여 인사를 하는 상미를 우리 분식 사장이 귀엽게 바라본다. 요즘 젊은 애들은 어쩜 이리 예의도 바른지, 참 이쁘네. 두 사람을 향해 다른 할머니들이 걸어온다.

"우리 내일 김치 담글 건디, 같이 담글텨? 김밥집 했으면 김치도 잘 담그지 않어?"

"주 종목이 다르지. 나는 김밥 전문이고 김치는 사 먹었으야."

"깔깔깔, 그렇네! 식당에서 김치를 많이들 사서 쓰지? 이따 피아노 칠 건데 오후에 건너오라고. 근디 다들 알지? 지금 이 약속도 우리가 까맣게 잊어버릴 수 있어야."

"당연하제. 잊는 게 뭐 별거여? 피아노는 기억나는 사람만 치면 되제. 맞네, 상미는 아쥑 안 잊어버릴 테니께 네가 칠텨? 깔깔깔."

"그럴까요? 그럼 제가 이따 칠게요."

모두 즐겁게 웃는다. 자신의 아픔을 자연스레 받아들이는 방법을 이곳에서 배운다. 상미는 코끝이 찡하게 뭉클해 창밖으로 고개를 돌린다.

"어르신, 봉숭아꽃이 벌써 피었네요? 손톱에 꽃물 들여 보신 적 있으세요?"

"있다마다. 그기… 몇 년 전이냐… 아유 몰라. 무튼 있어, 한챔 젊을 때. 지금 물 한번 들여볼까?"

"네, 제가 따올게요. 잠시만요."

눈물이 나올 것 같아 상미가 빠르게 나가 봉숭아를 딴다. 봉숭아꽃 무더기 속에 완만하게 솟은 상미를 바라보며 할머니들의 얼굴에도 웃음꽃이 피어난다.

"상미 쟈는 젊은 애가 마음이 저리 여려서 어쩐댜. 우리가 뭔 말만 하면 코끝이 빨개져서 울라 그랴. 궁금한 거도 많고, 감동도 잘하고. 참 귀여워."

"그지? 근디 올해는 봉숭아가 일찍 폈네. 이래이래 찧어서 손에 올리고 둘둘 묶고 기다리면 빨갛게 손톱 물드는 거 알랑가 몰라?"

"맞어, 봉숭아 꽃물이 첫눈 올 때까정 남아 있으면 첫사랑 이루어진대서 손톱도 못 잘랐잖여. 낄낄낄."

"워메 언니가 그랬어야? 나도 그랬는디. 그래서 만난 게 먼저 간 영감이잖어. 보고 싶네 우리 영감. 봉숭아 물들이면 저세상에서 얼른 다시 만날랑가."

상미가 빻아 올려주는 꽃잎들을 보며 할머니 셋이 깔깔 웃는다.

"근디 김밥집 자네는 영감이 없응께 이제 만나야겄어. 아님 숨겨둔 영감이라도 있는겨?"

"비밀이여, 나는 첫눈이 올 때까지 우리가 나란히 여기에 있으면 좋겠어. 서로 알아보면서 말이여."

"하하하, 맞네. 자네가 참 현명해. 우리가 몇 번의 첫눈을 여기서 볼 수 있을까? 난중 되면 잊어버리겄지만. 오래 같이 있자고. 첫눈 올 때까지 손톱 안 잘라야겄어. 상미가 잊지 말고 우리 손톱 지켜줘."

"네, 어르신들. 걱정 마세요. 제가 오래오래 꽃물 남으라고, 꽃잎 빻아서 얼릴 거예요. 물 빠지면 또 들이고, 또 들여서 내내 꽃물이 들어 있게요."

"그나저나 오늘은 우리 셋 다 맑은 정신이 오래 가네 그랴? 이따 피아노 칠 게 뭐 있나, 지금 치자고! 상미야, 우리랑 같이 피아노 치면서 사진 찍자."

"좋아요, 어르신."

피아노 주변으로 모여든 할머니들이 음정도 박자도 무시하고 각자의 노래를 한다. 틀리는 것이 우스워 덩달아 웃음꽃이 핀다.

"그러고 보니 사람이 꽃보다 아름다워. 자네들이 참 고와. 우리 어디 못 가도 괜찮여, 우리 있는 곳이 정원이고 꽃밭이지."

"그렇지, 우리가 꽃이고 마음이 정원이여. 다들 꽃구경 하고 싶을 땐 거울 보라고."

농담이 오가는 즐거운 시간이 조금이라도 오래 가기를. 아직 젊은 상미는 할머니들을 바라보며 빌어본다. 상미도 할머니들만큼 더 살면 인생을 알게 되려나, 고개를 갸우뚱하며 폴라로이드 카메라를 들어 할머니들을 찍는다. 저리 즐겁게 웃다가도 금방 돌아서면 여기가 어딘지 묻고, 배고파하는 할머니들을 위해 앞치마 주머니에 떡이 가득하다. 챙기고 싶고, 건네고 싶은 이 마음은 사랑이다. 상미는 손톱에 든 봉숭아 꽃물을 바라보며 소원을 빈다.

"자, 어른신들 사진 찍고 이제 간식 먹어요. 스마일, 김치!"

찰칵—

순간의 행복이 박제된다.

영원할 수 없음을 알기에 더욱 소중한 오늘의 행복이다.

범준이 마음 사진관에서 여러 사진 작업을 맡기 시작한 뒤로 해인은 부쩍 여유로워졌다. 이제 범준은 증명사진, 백일사진, 우정사진, 커플사진, 영정사진까지 고객이 원하는 사진을 찍고 출장을 나가기도 한다. 범준은 사람들이 기념하고 싶은 순간을 사진으로 찍으며 느끼는 긴장과 설렘이 좋다며, 인생의 한 장면에 셔터를 누르는 이 일에 가슴이 떨린다고 했다.

 해인은 며칠 전부터 옥상에서 익숙한 냄새가 나는 듯해 마을을 살펴보고 싶던 차에, 범준에게 사진관을 맡기고 마음 식물원에 내려가 보려는 참이다.

 '가기 전에 바다로 나가봐야겠다.'

 그간 바다에 부친 편지가 지은에게 닿지 않았을까 내심

기대했던 해인은 이번에도 해변을 걸으며 유심히 주변을 살핀다. 혹시라도 답장이 오지는 않았을까. 그 희망이 해인을 혼자여도 외롭지 않게 해주었고, 지은이 곁에 없어도 함께인 듯 따뜻하게 만들어 주는 불씨가 되었다.

"형, 오늘 자전거 타기 좋은 날씨네요! 여름도 슬슬 끝나려는지 오후 바람이 제법 선선해요."

"그러게. 뜨거웠던 여름도 지나가네. 네 말대로 오늘은 자전거를 타야겠다. 고마워!"

"맞다, 얼마 전에 바닷가 앞에 마음 식물원 생긴 거 아세요? 거기서 마음꽃을 피워준다던데. 손님의 마음에 맞는 꽃을 추천해 주는 걸까요? 아님 형처럼 신비로운 능력을 가진 사람이 또 있는 걸까요?"

"그래? 범준이 너는 다녀왔니?"

"가고 싶죠. 근데 시간이 없어요! 주중에 일하고 주말엔 게임하느라 바빠요. 유튜브 볼 시간도 없다니까요. 언제 아빠 오시면 같이 가볼까 싶어요. 형 가보시게요?"

"응. 들어보니 나도 궁금하네. 우리도 사진관에 식물을 더 들여놓으면 좋잖아."

"관리하기 쉬운 식물로 데려와요! 근데 형은 자전거 타는데 화이트 셔츠를 입고 가요? 이상하네, 오늘따라 더 멋있는데… 설마 저 몰래 여자 친구 만나는 거 아니시죠? 흐흐흐."

"그냥… 형 옷이 몇 벌 없잖아."

해인은 머쓱하게 웃고 거울을 본다. 목 끝까지 단정하게 잠겨 있는 단추 하나를 풀고 머리를 쓸어 넘긴 뒤 베이지색 바탕에 갈색 안장이 놓인 자전거를 닦는다. 깨끗하게 반짝이는 자전거를 타고 해인이 출발한다. 해인의 뒷모습을 보며 범준은 감탄한다.

"저 형은 정말 인간 베이지야. 언제 봐도 단정하고 부드럽단 말이야. 멋있어."

범준은 해인을 따라 입은 자신의 화이트 셔츠 소매 깃을 만져 본다.

"멋있어 나도. 아주 좋아. 오늘도 좋은 하루가 되겠어."

범준은 콧노래를 부르며 빗자루를 꺼내어 바닥을 쓴다. 청소기를 써도 되는데 마루가 상하지 않게 하고 싶다는 해인의 고집으로 청소기가 금지다. 해인이 기다리는 사람이 언제 올지는 모르지만, 그 사람을 위해 모든 걸 그대로 간직하고 싶어 한다. 사랑까지 순애보라니… 진짜… 멋있지 않은 부분이 뭐람. 콧노래를 흥얼거리며 청소를 한다.

"하루 사이에 바람이 이리 순하게 바뀌다니. 계절은 정말 놀라워."

해인은 자전거를 타고 볼을 스치는 바람이 어제보다 시원하게 느껴짐에 감탄하면서도, 신경은 온통 마음 식물원을 향해 있다. 마음 식물원이라… 마음을 꽃이나 나무로 피워낼 수 있는 사람이라도 온 걸까. 요 며칠 옥상에 꽃잎이 떨어져 있는 건 지은 씨가 다녀간 흔적이 아닐까.

지은이 떠나기 전날 밤 꿈결에 속삭이던 말을 떠올린다. 소명을 깨닫고 나면 틀림없이 돌아올 것이라고… 해인이 희망을 저버릴 수 없는 이유이기도 하다. 어쩌면 지은을 사랑하는 일이 해인을 살아가게 하는 이유이기도 했다. 기다림은 해인을 성숙하게 했다. 마음 사진관을 시작할 때엔 해인이 지은에게 기댔지만, 이제는 지친 그녀가 편히 기대어 쉴 수 있을 만큼 마음이 단단해졌다.

"이 생이 아니어도 괜찮아요. 우리에게 다음 생이 허락된다면, 행여 또 다른 시공간이 존재한다면, 바람으로도 나뭇잎으로라도 당신과 함께하길 바라요."

지은을 만나기 전 해인의 삶은 오로지 무채색이었다. 저마다의 색으로 생동감이 넘치는 사람들에게서 느끼는 간극은 메울 수 없을 듯이 극명해 보였다. 하지만 지은을 만나고 마음 사진관에서 사람들의 마음을 사진으로 찍은 뒤부터 해인의 일상에도 그동안 보지 못했던 색이 깃들기 시작했다.

혹시 모를 수군거림이 두려워 꺼내 보이지 못했던 능력으로 사람들의 마음을 들여다볼 수 있게 해주었고, 다시 자신의 마음과 화해하고 행복해지는 이들을 보며 해인도 행복을 느끼게 되었다.

"당신이 그래서 마음 세탁소를 운영하며 그토록 즐거워했군요. 웃고 행복해하는 사람들을 보면서 당신이 느꼈을 감정을 이제 저도 느껴요."

함께 울고 웃다 보니 살아가는 오늘이 고마워진다. 매일 길을 걷고 계절이 흘러감을 느끼는 안온한 일상이 사실 가장 온전한 축복임을, 머리가 아닌 가슴으로 느낀다. 해인은 숨을 크게 들이쉬며 바다로 달린다. 익숙한 냄새를 맡으니 왠지 좋은 일이 생길 듯한 예감이 든다.

그런데 골목 어귀로 빼꼼히 보이는 모래사장에서 무언가 반짝거린다. 혹 답장이 든 유리병일까. 마음이 급해진 해인이 자전거 페달을 세게 밟다가 그만 좁은 골목 안으로 마주 오던 자전거와 부딪히고 말았다.

"죄송합니다, 제가 앞을 못 봤어요. 괜찮으세요?"

"네… 괜찮아요."

와인색 모자를 눌러 쓰고 검은색 마스크를 쓴 여자가 절룩거리며 황급히 자전거를 세워 일어서려고 한다.

"다리에 상처가 난 것 같은데, 제가 도와드릴게요. 잠시만요."

"괜찮아요! 안 아파요!"

해인이 다가서려 하자 여자는 도망치듯 자전거를 타고 가버린다. 저런… 급한 일이 있나. 멀어지는 여자의 뒷모습을 바라보며 자전거를 세우는데, 문득 익숙한 꽃내음이 바람을 타고 분다. 이 향기는… 설마…?

"저기요! 말 좀 물을게요!"

해인이 여자를 향해 손으로 나팔을 만들어 소리치자 여자는 더 빠르게 달리기 시작한다. 이 향기는 분명 지은 씨인데….

"그래, 지은 씨는 저런 짧은 청바지에 반팔은 안 입지. 마스크를 써서 잘 안 보였지만 피부도 까만 것 같았고… 머리카락도 짧았는데… 마른 것만 비슷하네. 그런데 왜 이리 가슴이 뛰지. 심장이 고장 났나."

해인이 혼잣말을 중얼거리며 자전거를 일으켜 세우려던 차에 발밑에 사진 한 장이 떨어져 있다. 파도에 밀려 온 유리병은 모래사장 위에서 반짝반짝 빛을 내고 있다.

"방금 저분이 떨어뜨리신 거 같은데…."

해인이 사진을 들어 올려 낡은 귀퉁이를 뒤집어 본다. 순간 얼어붙은 해인이 믿기지 않는 눈으로 사진을 보고 또 본다.

"…왜 내가 여기 있지? 이 여자는 누구야?"

도무지 이해되지 않는 상황이다. 당황한 해인의 땀을 식혀주듯 시원한 페퍼민트 향의 바람이 불어온다. 성급했던 여름의 소나기가 물러가고, 순한 가을이 오려나 보다.

우리 분식 사장이 다녀간 뒤, 지은은 오래도록 잠을 잤다. 달게 자고 깨어나니 어느새 오후다.

"이리 오래 잔 거야? 해가 중천에 떠 있네. 꽃잎들아 굿모닝. 아니지, 굿 애프터눈이야."

잠이 덜 깬 지은의 인사에 꽃잎들이 웃는 모양으로 일렁인다. 기지개를 켜고 일어나 모자와 마스크를 집어 들고 창밖을 보니 하늘이 맑고 푸르다. 이런 날 바다에 뛰어들지 않는 건 날씨에 대한 예의가 아니다.

"양치랑 세수는 이따 해야지. 어차피 자전거 타면 땀도 날 테니, 바다에 들어갔다 와서 씻는 거야. 크… 역시 난 천재라니까. 그치 방글아? 근데 넌 더 반질반질 예뻐진 거 같다?"

침대 옆 탁자에 놓인 반려돌 방글이에게도 인사를 건넨 뒤, 지은이 하얀색 자전거를 꺼낸다. 안장에 앉은 먼지는 대충 손으로 털고 앉는다. 천천히 동네를 돌며 바다와 하늘이 맞닿은 수평선에 감탄을 연발한다.

"대체 어디까지 하늘이고 바다인지! 마치 하나로 이어진 것 같아! 정말 예뻐!"

지은이 바다를 보며 감탄하는 순간 눈앞이 번쩍, 하며 넘어진다. 한눈을 팔다가 반대편에서 오던 자전거와 부딪힌 것이다.

"죄송합니다, 제가 앞을 못 봤어요. 괜찮으세요?"

잠깐만. 지은은 넘어진 채로 몸이 굳는다. 이 목소리는 해인 씨잖아! 참았던 숨을 내쉬며 고개를 들어 인사하려다 순간 멈칫한다. 나… 모습이 변했잖아…. 어떻게 설명해야 할지 미처 준비하지 못했는데… 다친 데를 살펴보려는 해인을 뒤로하고 지은이 냅다 도망친다. 내가 그리던 재회는 이런 게 아닌데…!

"돌아보지 마… 보면 망부석 된다…. 저녁에 씻고 행복사진 가져가서 제대로 만나자. 지금 내가 지은이라고 밝히면 놀라 기절할지도 몰라."

자전거 페달을 있는 힘껏 밟는 지은의 얼굴이 까만 마스크 안에서 빨갛게 익어간다. 마치 한 송이 장미꽃처럼, 그토록 뜨거웠던 지은의 여름도 끝나간다.

"있어!"

모래사장에서 유리병을 발견한 해인이 탄성을 터뜨린다. 코르크로 막은 유리병 안에 종이가 들어 있다. 혹 자신이 보낸 편지가 다시 흘러온 것일지도 모르지만, 해인은 모래사장 끝으로 걸어가 크게 심호흡을 한 뒤 유리병을 들어 올린다.

"침착하자… 떨지 말고… 진정하고… 이제 읽는 거야."

눈을 질끈 감았다 뜨면서 떨리는 손으로 편지를 꺼내 읽는다.

"사랑하는 당신, 안녕하신가요? 바다에 부친 편지는 잘 받았어요."

두 줄을 소리 내어 읽다 외마디 탄성을 지르며 편지를 가슴에 안는다. 편지를 소중히 안고 감격하는 사이 풍덩, 하는 소리가 들린다. 저 멀리서 누군가 물에 뛰어 들어 유유히 헤엄을 친다. 지은의 편지를 마저 읽다 문득 고개를 들어 헤엄치는 이를 자세히 보니, 사진 속 그 여인이다.

"아…!"

갈색 빛으로 그을려 건강해 보이는 여자가 물에서 나와 짧은 단발머리의 물기를 손으로 털어낸다.

"사람이 아니라… 물고기 같아… 인어인가…."

태양을 뒤로하고 걸어 나오는 여자는 마치 빛을 머금은 듯 눈이 부시다.

해인이 모래사장의 반대편 끝에 있는 옛 정미소 자리로 걸어간다. 분명 아무도 쓰지 않는 낡은 건물이었는데, 외관 벽은 그대로인 채 능소화가 덩굴진 동그란 아치 입구가 사뭇 달라진 분위기다. 크게 낸 창문 안으로 꽃과 나무가 울창하다.

"저기가 바로 마음 식물원이구나. 좋아하던 능소화가 가득 피었는데… 입구에 문도 없네. 당신다워요."

마음에 기분 좋은 바람이 분다. 훗날 오늘을 기록한다면 첫 문장은 이렇게 시작해야지.

'그날은 아주 기분 좋은 바람이 부는 날이었어.'

해인의 멈추었던 손목시계 바늘이 어느새 움직이기 시작한다.

한참이나 해변을 서성이던 해인이 주머니에서 사진 한 장을 꺼낸다. 모래사장에서 찾은 편지를 꺼내 읽다가, 다시 사진을 들여다보고, 마음 식물원을 올려다본다. 몇 번을 반복한 후에야 이윽고 결심한 듯 해인이 모래를 털고 자리에서 일어선다. 어느새 해가 뉘엿뉘엿 내려오며 붉은 노을이 번지고 있다.

"예감이 맞을 거야. 가보자."

걸음을 옮기며 해인이 심장에 손을 얹는다. 지은을 만나면 어떤 말을 해야 할지 매일 상상했는데, 아무것도 기억나지 않고 머릿속이 하얗다. 심호흡을 하고 마음 식물원 앞으로 걸어간다. 식물원 앞 팻말에 익숙한 글씨체로 글이 적혀 있다.

마음을 꽃피워 드립니다.
있는 그대로의 당신이 환대받는 곳,
마음 식물원입니다.

"답을 찾았군요. 수고했어요."

해인의 눈시울이 붉어진다. 혼자 얼마나 많은 시간을 고민하고 애썼을지. 눈물이 나올 것 같아 머리를 여러 번 쓸어 올리며 시선을 돌린다. 편지와 사진을 바지 뒷주머니에 넣고 숨을 깊이 들이쉰 후 안으로 걸어 들어간다. 하나, 둘, 셋, 넷, 다섯, 여섯, 일곱. 일곱 개의 계단을 세며 식물원 입구에 선다.

"안녕하세요, 마음을 꽃피우고 싶어서 왔어요."

해인의 목소리에 사랑나무 화분을 닦고 있던 지은은 뒤를 돌아보지 못하고 손에 들고 있던 화분을 놓친다. 오늘 밤 해인을 찾아가면 선물하려던 화분이다. 그런데 놀랍게도 떨어뜨린 화분에서 쨍그랑 깨지는 소리가 나지 않는다.

"이… 이상하다?"

지은이 질끈 감았던 눈을 떠 바닥을 내려다보니 화분이 없다. 당황해 고개를 들자 눈앞에서 해인이 사랑나무 화분을 들고 있다. 웃는 얼굴로, 해가 지고 바람이 부는 듯이 나를 사랑한다던 이가, 언젠가 한없이 큰 괴로움 속을 헤맬 때에 오랫동안 불러오던 그 사소함으로 내 곁에 있어 주겠다던 그가… 내 앞에 있다.

키가 큰 해인을 올려다본다. 처음 만난 그날처럼 여전히 부드러운 베이지색의 이 남자는 세월의 흔적도 아름답게 담아왔구나…. 그리웠던 냄새에 이끌려 지은이 해인의 목을 와락 끌어안았다가 황급히 팔을 푼다.

"잘 지냈어요, 지은 씨?"

"어… 어… 어떻게 알았어요? 완전히 다른 모습인데?"

지은이 놀라 말까지 더듬는다. 설마 내가 능력을 완성하는 동안 해인도 다른 능력을 완성한 걸까? 그럴 리가 없는데…. 독심술이라도 연마한 걸까? 가뜩이나 큰 눈이 두 배로 커져 깜빡거리는 지은을 보며 해인은 귀엽다는 듯 웃는다.

"웃지 말아요. 재밌어요?"

"네, 재밌어요. 지은 씨는 모습이 달라져도 여전히 지은 씨네요."

"저는 이 상황을 어떻게 설명해야 할지 몰라 얼마나 고민했는데요. 오늘 밤에 이 나무를 들고 짠, 나타나려 했는데… 치…."

"제가 지은 씨를 어떻게 몰라요. 마음 세탁소를 떠난 뒤로 줄곧, 다시 돌아올 거라고 믿었어요. 고양이 레이지로 돌아왔을 때에도요. 한동안 보이지 않아 걱정했지만 옥상에 떨어져 있던 빨간 꽃잎을 보고 알 수 있었어요."

"레이지가 나인 건 어떻게 알았어요? 옥상에 꽃잎도 떨어져 있었어요?"

지은이 꽃잎을 향해 눈을 흘긴다. 빨간 꽃잎들은 두 사람 곁에서 멀찍이 떨어져 나풀거린다.

"지은 씨가 어떤 모습이든 알아볼 수 있어요. 지은 씨가 능력을 완성해 돌아올 때까지 기다릴 생각이었어요. 기다리는 건 제가 가장 잘하는 일이니까요."

"고마워요. 해인 씨가 바다에 부친 편지를 받았어요. 꿈결에 남은 소명이 있다는 말을 들었다고 했죠? 저도 해야 할 몫의 소명이 남았음을 깨달아 그게 무엇인지를 찾았어요."

"답을 찾았어요?"

해인과의 대화에 긴장이 풀린 지은이 방긋 웃으며 왼손은 배에 대고 오른팔로 큰 원을 그리면서 허리를 깊이 숙였다.

"어서 오세요, 마침내 능력을 완성한 지은의 마음 식물원입니다."

지은의 손짓에 빨간색 동백 꽃잎과 하얀색 데이지 꽃잎, 초록색 페퍼민트 잎이 주위를 빙그르르 감싼다. 해인은 꽃잎의 환대를 받으며 취한 듯 어지럽다. 사실은 어쩌면 이 생에서 지은을 다시 만나지 못할 수도 있다고 생각했다. 언젠가 지은에게 닿길 바라며 바다에 편지를 부쳤지만 정말로 닿을 줄은 몰랐다. 기다린 시간보다 더 오래 기다릴 수 있었는데 해인의 생각보다 지은이 빨리 돌아와주었다.

"길을 잃지 않고 내게 와주어 고마워요, 지은 씨."

이번에는 해인이 지은을 포옹한다. 꽃잎들도 두 사람 주위를 천천히 돌며 재회를 축하한다.

밖은 여름인데 안은 가을이고, 봄이다. 계절의 경계가 무색할 만큼 꽃과 나무와 나비와 새가 아름답게 조화를 이룬다. 마치 해인이 마음 사진관에서 벽장의 문을 열고 들어가 만났던 미지의 세계인 듯, 지은이 살던 세상의 끝 지구본에도 표시되지 않는 선한 이웃들의 마을처럼 평화롭고 따뜻하다. 차가 우려나는 동안 지은은 지은은 LP판을 꺼내어 음악을 튼다.

"냇 킹 콜의 〈This Autumn〉이네요? 저도 어제 이 곡 들었어요."

"역시 통했네요. 절기로도 이제 곧 가을이잖아요."

"맞아요. 그런데 식물원은 이미 가을 같아요. 봄 같기도 하고."

"그렇죠? 이쪽으로 앉아요. 오랜만에 제가 내린 위로차 마셔 봐요."

지은이 바닷가를 향해 난 창문 앞 하얀 테이블에 찻잔을 내려놓고는 해인의 앞으로 의자를 빼내어 준다. 콧등을 찡긋하며 장난스럽게 웃는 지은의 표정에 해인도 덩달아 웃으며 의자에 앉는다. 서로 마주 앉아 찻잔을 든 두 사람은 어제 만난 듯 편안하다. 차를 한 모금 마시고 지은이 묻는다.

"그런데 진짜 보자마자 저인 줄 알았어요?

토끼처럼 동그란 눈을 보며 해인이 뒷주머니에서 사진을 꺼낸다.

"이건 해인 씨가 찍어준 행복사진인데? 이게 왜 해인 씨한테 있어요?"

"사실 이거… 자전거 타다 부딪혔을 때 시은 씨가 떨어뜨리고 갔어요. 혹시라도 답장이 올까 싶어 자주 해변으로 나가곤 했는데, 오늘 지은 씨의 편지를 받고 이 사진도 본 거예요."

"아…."

외마디 탄성을 지른 지은이 아랫입술을 깨물며 골몰히 생각을 정리한다.

"해인 씨가 행복사진을 찍어준 날… 많이 혼란스러웠어요. 낯선 여자가 해인 씨와 나란히 있는 모습이 어떻게

나의 행복사진이라는 건지 이해할 수 없었거든요. 하지만 이내 알았어요. 나에게 남은 생이 더 있음을요. 하지만 무엇을 해야 할지 몰라 말하지 못하고 떠났어요. 미안해요."

"괜찮아요. 이것도 당신을 사랑하는 제 운명인걸요."

해인이 가슴 앞에 두 손을 맞대고 고개를 숙이며 장난스럽게 웃는다.

"해인 씨. 안 본 사이 너스레가 많이 늘었네요?"

"그럼요. 제가 사진관에서 손님들 긴장을 얼마나 잘 풀어주는지 알면 깜짝 놀랄걸요? 그리고 미안해 말아요. 돌아와 준 것으로 충분하니까요."

지은은 고마운 마음에 찻잔을 만지작거리며 말을 고른다.

"있죠, 실은 겁이 났어요. 억겁의 시간 동안 사랑했던 이들은 결국 모두 떠나갔으니까…. 사랑하지 않아야 소중한 이들이 떠나지 않을 거라 생각했다면 너무 바보 같죠? 그런데 저도 결국 해인 씨를 사랑하게 되어버린 거예요. 메리골드 마을 사람들도요. 내가 망쳐 버릴까 봐, 또 떠나보낼까 봐 겁이 났어요."

"이해해요. 이제 아무도 떠나지 않아요, 지은 씨. 걱정 말아요."

"고마워요. 이제야 능력을 완성하고 해인 씨와 사람들을 찾아가려 했는데, 우리가 처음 만난 그날처럼 먼저 나를 발견해 주었네요."

같이 있으면 편안하고 자꾸 웃게 되는 사람. 투명한 해인의 눈동자를 바라보고 있으니 지은의 속 이야기들이 술술 흘러나온다.

"저는 치유의 소명을 가지고 태어났대요. 진정한 치유는 고통까지도 삶에 받아들이고 힘든 마음을 보살피며 함께 살아가는 것이었어요."

"마음 세탁소에서 힘든 마음을 깨끗이 지워주었는데, 마음 식물원에서는 힘든 마음을 꽃피워 돌봐주는 건가요?"

"맞아요. 고통을 피하지 않고 안아주면서 마음을 돌보고 양육하는 순간부터 치유가 시작되는 거예요."

"아름다운 능력이네요. 지은 씨."

"더 아름다운 건 사람 그 자체인걸요. 우리 마음도 날씨처럼 맑다가 흐리고 뜨겁다가 차가워지잖아요. 이를 양분으로 갖가지의 감정을 피워 올리죠. 저마다의 마음 정원을 잘 가꿀 수 있도록 돕는 일이 정원지기로서의 마법 능력을 완성시키는 일인가 봐요."

"굉장하군요. 우리 마음이 정원이라니… 보잘것없이 여겼던 여러 마음들이 소중하게 느껴져요. 그러면 혹시 제 마음도 피울 수 있나요?"

"마음을 피워내고 싶어요? 물론이죠. 이 유리구슬이 마음을 비추는 거울이에요. 유리구슬을 손에 쥐고 간절히 소망해 봐요."

해인은 유리구슬을 들어 가슴에 안는다. 입가에는 여전히 미소를 머금고 있다. 눈을 감고 이를 드러내며 환히 웃는 순간 유리구슬에서 오로라가 번지며 초록색 반딧불들이 빛과 함께 날아오른다. 싱그러운 초록빛이 해인의 주변을 감싼다.

"그러고 보니 웃는 얼굴로 유리구슬 든 사람은 해인 씨가 처음이에요!"

반딧불이의 향연이 계속되고, 하얀색 데이지 꽃잎이 유리구슬을 맴돌다 흩어진다. 꽃잎이 지나간 해인의 손에는 노랗게 활짝 핀 해바라기 꽃다발이 들려 있다. 해인이 코끝으로 잠시 향기를 맡고는 지은에게 꽃을 건넨다.

"해바라기의 꽃말을 알아요?"

해인의 물음에 지은이 고개를 끄덕인다. 눈물이 흐를 것 같다.

"우리 사진관 앞에도 이 꽃을 심었는데… 해바라기는 해를 좋아해서 해를 따라다니고, 해가 지면 뜰 때까지 기다린다고 하죠. 꽃말은 기다림이에요."

지은은 해바라기에 얼굴을 묻는다. 어떤 말로 이 마음이 그에게 가닿을 수 있을까. 해인은 말하지 않아도 마음을 알아줄 테지만 지금은 꼭 표현하고 싶다. 지은은 해

바라기를 품에 안고 몇 걸음 걸어 화단에서 토끼풀을 따 온다.

"손 좀 내밀어 줄래요?"

해인이 두 손을 내밀자 지은이 해인의 왼손 약지에 토끼풀을 걸어 묶는다. 생각지 못한 토끼풀 반지에 해인이 수줍게 웃는다. 웃음도 전염이 되는지 식물원의 꽃과 나무, 새와 나비들도 웃는다. 꽃다운 미소의 두 사람이 서로에게 꽃을 선물하고 사랑의 꽃을 피운다. 레코드에서 흘러나오는 냇 킹 콜의 〈Let There Be Love〉가 사랑스럽게 공기를 감싼다. 자연스럽게 허밍으로 멜로디를 흥얼거리는 사이, 두 사람의 밤은 깊어만 간다.

"오늘 제 마음의 날씨는 맑음이에요. 구름 한 점 없이 맑고 화창해요. 정원지기의 하루를 잘 살았네요."

오늘 우리 마음의 정원에는 꽃들이 활짝 피었다. 꽃다발을 들고 식물원 밖으로 나와 하늘을 보는 두 사람을 향해 별빛들이 반짝인다. 별이 빛나는 밤에, 사랑도 무한히 빛난다.

에필로그

"우연아. 난 말이야. 사람들이 놀이공원에 왜 오는지 이해가 안 됐거든? 기껏 돈 내고 높은 데 올라가서 금방 떨어지고… 긴 줄까지 서서 왜 그 고생을 하느냔 말이지."

츄러스를 두 개째 먹으며 입가에 묻은 흑설탕을 닦는 신 팀장이 말과 다르게 흥겨워 보인다.

"신 팀장님, 지금 여기서 제일 큰 머리띠 쓰고 있는 거 알고 계세요? 너무 즐거워 보이는데. 우리가 지금 이 나이에 비눗방울하고 팝콘 박스가 웬 말이야."

신 팀장이 남은 츄러스를 입에 넣고 손을 턴다.

"과거형이잖아. 그랬었다는 거지. 이제야 놀이공원의 재미를 알게 되었으니 맘껏 즐겨야지."

"즐겨도 너무 즐겨, 메리골드까지 와서 놀이공원이

라니."

"놀이공원 도장 깨기 너무 재밌잖아. 그리고 나 승진해서 신 부장이야. 앞으로 조심해 줘."

"신 부장은 입에 안 붙잖아. 친구야, 네가 신 이사가 되건 신 사장이 되건, 나는 너를 신 팀장으로 부를 거야. 그런데 너 정말 다른 친구는 없는 거야? 왜 맨날 나만 불러?"

"알면서, 나 친구 없는 거. 너 마감 치고 여유 있을 때를 틈타 놀아야지. 애들이랑 오면 비눗방울도, 팝콘 박스도 애들 차지다. 그나저나 핫도그 먹을래?"

"그래, 놀아라. 마음껏 놀아! 난 놀이기구 줄 서 있을게. 핫도그에 설탕 빼고 케첩, 머스터드 듬뿍! 그리고 이 머리띠… 나는 빼고 싶은데 말이지."

"노우, 조금만 더 하고 있어! 너도 이런 머리띠는 안 해봤을 거 아냐. 은근 잘 어울려! 핫도그에 설탕 빼고 케첩, 머스터드 오케이! 입력 완료! 좋아! 다녀올게!"

오후 반차를 쓰고 나와 놀이공원 기념 티셔츠까지 사 입은 신 팀장… 아니 신 부장의 발걸음이 가볍다.

우연도 오랜만에 쉬는 날이라 즐겁다. 실업급여를 받는 동안 공모전에 출품한 동화가 당선되면서 우연은 동화책 작가로 데뷔를 했다. 그리고 공모전에서 닿은 인연으로 만화영화 제작사에서 스토리를 구성하는 작가 일을 받아 바쁘게 지내고 있다. 출근하지 않아도 되는 삶이지만 출근할 때보다 더 많은 일을 하고 있는 우연은 늘 마감에 치인다고 말하지만 눈에 생기가 넘친다.

"저렇게 좋아할 거면서. 기우연 너도 좀 놀아야지! 나도 놀고!"

놀이공원은 핫도그를 사러 가는 길도 신나게 만드는 흥분되는 매력이 가득하다.

신 부장은 우연의 퇴사 이후 자신의 삶을 돌아보았다. 꿈을 위해 안정된 직장을 박차고 나가는 우연이 부러웠지만 신 부장은 지켜야 할 가정을 위해 안정을 선택했다. 대신 치열했던 현장에서 조금만 힘을 빼기로 했다.

"열심이 DNA에 새겨진 걸 어째. 하던 대로 열심히 하자. 성취감도 있고 좋아."

부장이 되자 법인카드 사용액도 올라갔고, 40년짜리 아파트 대출금을 좀 더 빨리 갚을 수 있겠다는 희망에 숨통이 트인다. 매달 들어오는 월급은 신 부장에게 금융 치료를 선물해 준다. 아이들의 학비를 내주고 독립할 수 있도록 도와주려면 정년까지 버텨야 한다.

"노는 것도 제일 열심히 놀 거야, 내가."

신 부장은 핫도그를 주문하고 비눗방울을 후— 분다. 공중으로 날아가는 작은 비눗방울들에 지나가던 아이들이 걸음을 멈추고 신이 나서 폴짝 뛰어오른다. 누군가를 행복하게 만드는 데에 꼭 큰 힘이 필요하지는 않은가 보다.

놀이공원 스피커에서 흥겨운 테마송이 흘러나오자 이 윽고 퍼레이드 팀이 거리로 나와 흥겨운 춤을 춘다. 사람들이 모여들어 동그랗게 원을 그린 자리에서 마음이 동한 이들은 신나게 춤을 춘다. 신 부장도 사람들의 틈에서 춤을 추다가 쑥스러움과 흥겨움이 뒤섞인 웃음을 터뜨린다.

"하하하! 오랜만에 실컷 웃었네! 얼마 만에 근심 없이 웃는 건지! 역시 우연이 옆에 있길 잘했어. 좋은 사람과 있으니 같이 즐겁네."

신나게 춤을 추다 헐떡이며 의자에 앉아 주변을 둘러본다. 비눗방울을 잡으러 뛰어다니는 볼이 빨간 아이와 웃고 있는 부부에게 시선이 멈춘다. 그림처럼 아름다운 가족이네. 아이는 긴팔 티셔츠 위에 하얀 반팔 티셔츠를 입었는데, 등 뒤에는 '봄이다'라고 적혀 있다.

"아이 이름이 봄이라는 건가?"

가족의 등 뒤를 살핀다.

"너는 나의 봄이다? 낭만적인 가족이네."

엄마와 아빠, 아이가 각각 '너는' '나의' '봄이다'라고 적힌 흰색 반팔 티셔츠를 맞추어 입고 있다. 재미있는 가족이다.

"안녕하세요, 입고 계신 티셔츠가 예뻐서 저도 가족들이랑 맞추어 입고 싶은데요. 실례가 되지 않는다면 뒷모습 사진 한 장 찍어도 될까요?"

신 부장의 요청에 부부가 동시에 고개를 끄덕인다. 신

부장이 휴대폰을 꺼내자 세 사람이 뒤를 돌아 허리에 손을 올리고 포즈를 취한다. 세 사람도 웃고, 신 부장도 웃는다. 놀이공원에 웃음이 가득 떠다닌다.

베이지색 셔츠를 입은 아빠가 안아달라고 두 팔을 벌리는 아이를 높이 들어 올려 목말을 태운다. 탐스럽게 구불거리는 검은 머리칼의 엄마는 파스텔 톤의 솜사탕을 들고 이들을 따뜻하게 바라본다.

"뒷모습도 참 예쁘게 나왔어요. 고맙습니다. 아이가 정말 행복해 보여요."

"하하, 고맙습니다."

인사를 건네고 성큼성큼 걸어 돌아서는 신 부장의 뒤로 갑자기 누군가 바짓단을 붙잡는다. 방금 사진을 찍었던 아이다.

"어라? 엄마 아빠 어디 가셨어? 아줌마가 같이 찾아줄까?"

"아이스크림 사러 가셨어요. 이거 선물이에요."

"이 꽃 나한테 주는 거야? 고마워, 정말 예쁘다. 그런데 네 이름이 봄이니?"

"네."

"이 비눗방울이랑 머리띠는 아줌마가 선물로 줄게. 덕분에 정말 오랜만에 꽃 선물을 다 받아보네. 혹시 무슨 꽃인 줄 알아?"

"은방울꽃이요. 엄마가 그러는데 꽃말은 다시 찾은 행복이래요. 엄마가 좋은 걸 나누면 행복해진다고 했어요. 그럼 안녕히 계세요!"

양손을 배꼽에 올려 인사를 한 봄이가 아이스크림을 든 아빠에게 뛰어가 안긴다.

"꽃도 선물 받고 정말 럭키네! 다음에 애들하고 남편이랑 같이 와야겠다. 정말 이상한 도시야. 자꾸 웃게 돼."

신 부장이 은방울 꽃다발을 들어 향을 맡는다. 레몬향과 사과향이 어우러진 듯 상큼하다.

"어제 야근해서 피곤했는데, 꽃향기를 맡으니 기운이 난다!"

핫도그와 은방울 꽃다발을 들고 걸어가는 신 부장의 걸음이 가볍다. 이대로라면 어깨에서 날개가 돋아나 날아간다 해도 이상하지 않을 것만 같다. 저만치 멀리서 봄이가 아이스크림을 베어 물고 엄마의 손을 잡는다.

"엄마, 나 잘했어?"

"응, 잘했어."

"근데 왜 아줌마한테 은방울꽃을 주라고 했어?"

볼이 빨간 아이가 엄마에게 묻는다. 엄마는 빙그레 미소를 지으며 아이의 눈높이에 맞추어 무릎을 굽힌다.

"아까 아줌마가 우리 사진을 찍어주셔서 엄마가 참 행복했거든. 그래서 꽃을 선물하고 싶었어."

"맞아. 나도 사진 찍을 때 행복했는데! 꽃 줄 때는 아줌마가 웃으니까 나도 기분이 좋았어. 나도 아줌마에게 행복을 선물한 거야! 그렇지?"

"정답이야! 우리 앞으로도 이렇게 행복을 나눠줄까?"

"응, 좋아! 검은 마음도 하얗게 바꾸는 마법을 쓰자!"

친절은 때론 행복의 씨앗이다. 씨앗을 마음에 심은 아이에게 엄마는 목에 두르고 있던 와인색 머플러를 목에 감아준다. 부드러운 머플러에 볼을 부비며 아이는 아빠에게 귓속말을 한다.

"아빠, 이건 비밀인데 엄마가 꽃보다 훨씬 예뻐."

아이의 귓속말이 엄마에게까지 들린다.

"그럼, 엄마가 제일 예쁘지. 우리 회전목마 타고 올게요, 쉬고 있어요."

두 사람이 회전목마를 향해 걸어가는 뒷모습을 바라보며 손을 흔드는 여자의 얼굴에 미소가 가득하다.

"나의… 봄이다."

문자 그대로 나의 봄날이다. 따스한 봄바람이 볼을 스친다. 살아 있다. 살기를 거부한 숱한 날들을 지나 여전히 살아 있다. '바람이 분다. 살아야겠다.' 폴 발레리의 문장 같은 날이다. 가만히 눈을 감고 새소리와 사람들의 즐거운 목소리를 듣는다. 햇살이 좋다. 내 안에 진심이 흐른다.

해가 뜬다. 살아야겠다.

별이 보인다. 살아야겠다.
비가 내린다. 살아야겠다.
눈이 내린다. 살아야겠다.

오랜 세월, 끝을 꿈꾸었으나
끝과 시작은 맞닿아 있었다.

"살아 있다. 살아야겠다."

꽃보다 아름다운 당신에게.

수고 많았어요.
'그럼에도 불구하고'
살아내 주어 고마워요.

말하는 대로 믿고,
상상을 현실로 이룰 수 있는 능력은
마음의 정원을 돌보며 싹 피우기 시작해요.

믿어보세요.
메리골드의 마음 세탁소와 마음 사진관
그리고 마음 식물원에서 발견한 희망이라는 씨앗이
당신 안에서 피어나고 있어요.

행여 너무 잘 살아내려 애쓰지 말아요.
지금 그대로의 당신으로 충분해요.
당신이라는 꽃 한 송이 덕분에
이 도시가 식물원으로 완성될 테니까요.

햇살 가득한 날에
내게 온 모든 불행에게 포옹을
비가 내리는 날에
내게 온 모든 행복에게 환호를

생이 무한한 듯 꿈을 꾸고
생이 유한한 듯 오늘을 살아요.

이 책의 끝장을 덮고 난 뒤
당신이 해야 할 유일한 일은
'지금 이 순간' 사소한 일들로
행복해지는 것이랍니다.

— 지은

메리골드 마음 식물원

ⓒ 윤정은, 2025

초판 1쇄 발행 2025년 6월 18일

글 윤정은
기획편집 정다움
디자인 상록
콘텐츠 그룹 정다움 이가람 박서영 전연교 김신우 정다솔 문혜진 기소미

펴낸이 전승환
펴낸곳 책읽어주는남자
신고번호 제2024-000099호
이메일 book_romance@thebookman.co.kr

ISBN 979-11-93937-72-3 03810

* 북로망스는 '책읽어주는남자'의 출판브랜드입니다.
* 이 책의 저작권은 저자에게 있습니다.
* 저작권법에 의해 보호를 받는 저작물이므로 저자와 출판사의 허락 없이 무단 전재와 복제를 금합니다.
* 이 책의 일부 또는 전부를 재사용하려면 반드시 저작권자와 출판사 양측의 동의를 받아야 합니다.
* 책값은 뒤표지에 있습니다.
* KOMCA 승인필